老衲作品集 ③

# 流與離之島

老衲——著

下卷

# Content/目錄

# 流與離之島

# Chapter. 27

「那個肏他媽的王八蛋！」

桐九拎起一把椅子，想也不想便往黑板上直扔過去；澎一大聲，不但黑板被她砸出了一個大凹洞，連黑板上的總統相都給震動得摔了下來，乒乒砰砰地一陣亂響，相框玻璃碎了一地。

黃安師兄離開朱四爺爺家之後，桐九便一直蒼白著臉不說話；四爺爺聽完黃安師兄說的話以後一時也不知道該說些甚麼話出來安慰。一來他並不了解桐九家裏的狀況，怕多說多錯；二來四爺爺雖然極為痛恨黃安師兄，但他也知道黃安師兄工作的地方與職業，是全台灣知道最多秘密的地方——他說出來的情報，若不是故意騙人，那麼準確性多半是八九不離十的。

還是桔梗貼心，立時催著老衲陪桐九回家，還偷偷叮嚀俺先不要讓桐九獨自回去李奶奶處，最好兩人先找個地方談一談，最好買幾罐啤酒，讓桐九發洩一下，哭一哭，再好好想想怎麼回去問李奶奶這事。

老衲當時心中感動，偷偷跟桔梗說：「沒想到妳愛吃醋歸愛吃醋，緊要時分，倒是挺識大體的。」

「我向來很識大體好嗎！」桔梗翻了個白眼，又道：「老衲你先帶桐九去學校好了；我去奶奶家跟她打聲招呼，說……就說你們倆有事，今天可能會住四爺爺家練夜功，讓她老人家不要等桐九回家。」

老衲輕擁了一下桔梗，道：「關鍵時刻，有妳真好。」

於是老衲就帶著桐九回學校，摸進一間別班的教室裏，還在路邊雜貨店買了一手啤酒；彼時台北的大型連鎖便利商店不多，高中生要買酒，非得要到與老闆相熟且掛有「菸酒牌」的雜貨店裏才買得到，而且酒品少少只有寥寥幾款而已；哪像二十世紀的現代台北隨便一個路口找家便利商店摸進去，美日德法台各國酒類一應俱全，不隨手帶兩罐回家簡直對不起自個。

扯遠了，回到那天晚上。

老衲帶著一手啤酒，陪著桐九摸進一間教室裏，記得那個年代很喜歡用東南西北命名，連上下五千年第一精彩的小說《大漠英雄傳》裏寫人物都要寫東邪西毒南帝北丐，而俺與桐九桔梗的高中，那時也很流行東南西北樓的說法；那天，老衲與桐九摸進去的，是學校裏號稱南樓的最高一層的一間教室。桐九一進去那間教室便開始砸東西，劈哩啪啦的，老衲站在窗邊接著她亂扔過來的桌子椅子別砸壞窗戶引起校警與駐校教官的注意，其他的教室裏的東西，隨便她砸。

直到最後，那張高掛在黑板之上的總統相片也被砸了下來，黑板上也到處是坑坑疤疤的凹洞時，教室裏再也沒有甚麼東西可以亂摔亂扔的完好桌椅之後，桐九才在教室裏蹲著，哇地一聲大哭了起來。

老衲這人生平最怕女人哭，桐九先前喜歡剃平頭做男性裝扮，老衲從沒把她當作女人看待；可是這一場大哭足足哭了半小時有餘，俺在一旁勸酒，開了一罐又一罐，桐九卻一口沒喝，那些啤酒都給老衲自個兒喝乾倒入肚中了。俺當時心想：『哎，女人遇到事情非哭不可。李桐九啊李桐九，妳處處爭強好勝要裝男人；可是這麼一哭，打回五百年道行，足見妳心中仍然只不過是個小女孩啊！』

老衲六罐啤酒下肚，有些醺醺然，忍不住大起膽子蹲坐在桐九身旁，輕輕拍著她的背：「桐九妳說，咱們要去問奶奶嗎？」老衲這句話雖然尖銳，可俺始終覺得這件事終究是要面對的；這麼哭下去不是辦法，這回事非同小可，必得要找奶奶將來龍去脈問個清楚。

過得半晌，桐九哭聲漸漸止去，雖仍是抽抽噎噎的，但她畢竟是練過武的女中英傑；聽了老衲如此說搖搖頭沒有立時回答，又過了一會兒，接過老衲遞過去的手帕抹抹臉，控制好情緒，像是下定決心般抿了抿嘴，才終於轉過頭來對俺說道：「老衲，問你一件事。」

「妳問。」

「如果……我只是說如果……如果他說的是真的。」桐九深深吸了一口氣，金黃色瞳仁還閃耀著淚珠的瑩然光芒，她看著老衲輕輕說道：「如果是真的，你願意給他寧奴的信還有慕容前輩在英國的地址電話……來交換我爸爸媽媽的訊息嗎？」

老衲一聽這話，倒抽一口氣，心下有些遲疑，說道：「桐九，咱們先來把事情捋一捋。」

「嗯。」

「慕容前輩當年告訴俺說，他當年與寧奴留下來的那個孩子被坤沙接走，又被派到台灣混到局子裏當臥底；而這個黃安師兄呢，正巧是局子裏的人，而且化名又用過慕容生、慕容罷了等等名字……而他剛剛走的時候，又明確地問俺他『媽媽』的信，還有

『那個男人』在英國的住址電話……看來黃安師兄便是當年寧奴的遺腹子這件事，是八九不離十的，只是……只是咱們不知道黃安師兄到底對他的身世到底知道多少，也不知道他對此事的想法是甚麼。」

「嗯。」

桐九神色不動，眼睛看著遠方，繼續聽老衲接著分析下去：「寧奴的信，俺可以還黃安師兄沒問題，那本來就是他媽媽的遺物，物歸原主而已。但這件事難辦的是……難辦的是慕容前輩在英國的電話……」

老衲嘆了口氣：「想一想，其實這件事情只會有兩種狀況。一是黃安師兄真的想找他的親生父親，好好問一問當年的事情究竟是甚麼樣子的，問完就算；如果是這樣，那麼事情皆大歡喜，父子相隔數十年之後重逢，說清楚當年的誤會後相擁一場大哭一陣，便沒事了。」

「嗯。」

俺見桐九仍是面無表情，頓了一頓，又繼續說了下去：「而若是第二種情況就不妙了。萬一……萬一不知道出自甚麼原因，黃安師兄想找『那個男人』復仇，那麼且不論二人的功夫高低，光是黃安師兄現在仍然在行，在局子裏不知有多少資源可以動用，而慕容前輩這邊卻早就洗手退出圈子，跟著老婆女兒在英國鄉間晴耕雨讀；這兩個人之間若有甚麼衝突講不合了，黃安師兄要動手，那麼慕容前輩是萬萬招架不住的。」

老衲沉吟：「俺得打個電話給慕容前輩，問問他意見……」

「老衲，」桐九終於發話，說道：「那個叫黃安的為人如何，我們先前都聽其它師兄講過了，今天也親眼看到他了；對於他與慕容前輩的恩怨，你覺得會是第一種狀況還是第二種？我想你自己用膝蓋思考一下也早就是心知肚明了吧。」

桐九將目光從遠方收回，轉過頭來盯著老衲，道：「我們之間就不用扯那些推託之詞了，若是你先打電話給慕容前輩通風報信，你想以那黃安之精明，能把我爸爸媽媽的情報告訴我嗎？」

老衲支支吾吾：「或許……或許奶奶那邊也知道你爸爸媽媽的下落；我們未必要去問黃安師兄……」

「不可能的，你自己想，若你是我的媽媽，好不容易逃出奶奶的手掌底下，還會跟奶奶聯絡嗎？」桐九搖搖頭，淒美一笑：「別的不說，我長這麼大來，我媽媽從來沒有試圖聯絡過我一次，這態度不也已經說明了一切嗎？難道……難道她不會怕等我長大以後，奶奶一樣把我的身子賣出去嗎？」

老衲抓著桐九的肩頭搖了搖，堅定說道：「不可能的，桐九，以我認識的奶奶絕不可能這樣對妳。」

「知人知面不知心，你以為為什麼我那麼堅持要女扮男裝？」桐九深吸一口氣，續道：「奶奶的事不說了。老衲，我就只想問你一句話：這次你要幫我？還是幫那慕容前輩？」

桐九的手輕輕伸了過來，握住俺的手，道：「我剛剛在哭的時候已經想清楚了。慕容前輩當年種下的孽，本來就該讓他自己去承擔；那黃安對他的情感是第一種狀況也好第二種狀況也罷，那都是慕容他自個兒該還的債。」

「可是我不一樣，我的人生才剛剛開始；我真的很想見我的媽媽，還有我的爸爸。那黃安既然敢拿這件事情跟你交換，就必定是知道我們除了他那邊，是絕對問不到找不到我爸爸媽媽的任何情報的。」

桐九那對金黃色的美麗瞳仁，水閃閃地望著老衲。

「老衲，你幫我一次，把慕容前輩的住址電話給出去吧……換回我爸爸媽媽的情報。別的事情我再也不求你，就求你這次，我……我會永遠感激你。」

# Chapter. 28

訊問黃安的人是一個矮矮胖胖的白人，銀白髮色，藍灰色的瞳仁，看上去約莫四五十歲年紀，就像是一個美國鄉間的農場主人，笑呵呵的，看上去十分地友善與親切。

他聽黃安正講到要要按下那個叫做朱鳴的傢伙的門房電鈴時，他站起來打斷了黃安。「安，講了這麼多，口渴了吧？來，先來一口，再繼續說下去。」那矮胖老外說完便從懷中摸出一方軍用小酒壺，打開瓶塞自己喝了一口，然後給黃安遞了過去。

黃安的雙手被反扣在背後的手銬裏，腳踝處也纏上了細鐵絲，整個人被扔在大貨櫃裏頭的一個工具箱旁邊，樣子雖然狼狽，可是臉上一點傷痕也沒有。

他沒好氣說：「這裏頭……不會給我下了甚麼藥吧？」黃安的話雖然是這麼說，可是當那矮胖老外的小酒壺遞過來時，還是湊著就口仰頭喝了口酒。嘶，是風味純正的金門高粱，他挑挑眉往那矮胖老外看去，說：「羅傑，沒想到你這外國佬居然也喝起這台灣的名酒來了啊？」

那被叫是羅傑的矮胖白人樂呵呵地笑了笑：「哈哈！台灣沒有好的伏特加。只能拿這種金門島產的酒對付著喝……沒想到，味道還不錯呢。」

羅傑雖然親切，可黃安卻知道他絕不是易與的角色；他回想到他被抓的那一天晚上，他一樣在西門町的那家大戲院裏與坤沙的手下接頭，偷偷把部裏的一些情報傳給坤沙，沒想到才剛剛將那封牛皮紙袋遞過去，原本空無一人的包廂裏頭忽然從四面湧出了七八個便衣帶槍的精悍白人，而為首的正是羅傑。

那個在台灣與黃安接頭的坤沙手下，綽號阿皮，是個皮膚黑亮身形精瘦而有著機靈雙眼的年輕人；此時他見情況不對，立馬一拉椅背就要往外衝，卻被靠近他的兩個白人迅速按翻在地。

那兩人抓捕的姿勢十分專業，一個人反扣阿皮的右手，接著一個掃腿，粗暴而猛烈地將阿皮摔翻壓倒在地上；另一個人隨即跟上，將阿皮的頭臉向側邊一扭，隨即狠狠壓著他的頸大椎穴與耳邊的太陽穴；這兩個人的動作行雲流水，像是搭配好的馬戲團拋接表演。莫說阿皮近身搏擊的功夫並不到家，即便是街鬥老手，恐怕在沒有事先防備的狀況下，也會給這兩人抓得嚴嚴實實。

黃安只聽阿皮一聲慘叫，於是就給放倒在地上叫不出聲了；那戲院包廂裏當時正放著風靡全世界的〇〇七第九部電影，那時正演到詹姆士龐德要與宿命的對手史卡拉猛咖Scaramanga背對背各走二十步再回身射擊決鬥的精采橋段，可是黃安一點也無法分心去看那大螢幕上的故事，他沉聲說道：「領頭的是誰？你們知道我是誰？」

那居中的矮胖中年白人男子略略一舉手，帶著笑呵呵地笑容走上前來，與黃安點頭致意，說道：「我叫羅傑。在中國的東北生活過十幾年，會說一點中文。如果按照你們中國小說的說法……我就是這幫子人裏頭的『帶頭大哥』，你有甚麼話，就跟我說跟我商量吧。」

羅傑雖然是白人，可是說話的口音卻是道道地地的東北腔。說話的時候笑咪咪地又長得矮矮胖胖，一點不見肅殺之氣；雙手交叉放鬆圈在他圓滾滾的肚子前頭，如果沒看到他那些手下兇猛剽悍的味道與腰間的手槍，還有那兩人抓捕阿皮的手法之精練老道……黃安肯定會以為這羅傑是個毫無威脅性的白人鄉村農場大叔。

「羅傑，你想要甚麼？」黃安盡量維持臉上一點動靜也沒有，他知道他的兩柄貼身短刀就插在腰後，可是他背上還是微冒冷汗；心想與阿皮的交換情報過幾十次了，以為萬無一失。哎，黃安心底暗嘆，這趟出來還是大意了，只帶了刀，卻沒帶槍。

羅傑笑道：「安，我知道你身份很多，名字也很多；不過我知道你最重要的一個身份，就是坤沙那安排插進台灣的特務單位裏的一枚棋子；你知道這幾年光是你提供給坤沙的情報，害得台灣政府損失了多少海外的軍火收入？讓台灣流入了多少金三角的毒品？」

「安哥，別聽他的，他們是……」阿皮大叫，可是隨後被壓著他的白人男子一記肘捶給敲暈了過去。

黃安對阿皮的生死完全不放在心上，撇了阿皮一眼，臉色動也沒動。他的首要之務是弄清楚來人究竟是誰，而又對他有甚麼意圖？黃安沉聲說道：「羅傑。看來你已經打聽我打聽得很清楚了，不過你想要拿我怎麼辦？送回局裏接受調查？還是要嚴刑拷打我讓我吐出坤沙老大在台灣所有的內鬼？還是……你想在這些交易裏頭，分一杯羹？」

黃安說到最後一句話的時候，冷眼地瞪著羅傑，他心底在這轉瞬之間閃過七八種念頭，將整盤棋整個局勢通通推算過一遍。黃安暗忖，這幫子白人不知道是什麼來頭，先給點好處；等離開這裏再好好找他們算帳。

羅傑搖搖頭，道：「這些我們都不要，只要你的人。」說完對著手下們一揮手，「帶走他。」

羅傑一個手勢，他手下的人立時兩側合圍了上來；黃安腦中念頭電閃，心中暗暗冷笑，『憑這幾個人就想抓住我？』，不等左邊的那位走近，上身微側，右腿已直踹過去，這片不容髮的時刻黃安下手沒有容情的空間，右腿先是直踹在左邊來人的小腹，隨即收腿曲身一弓，頭往下探，右腿順勢再向後蹬在後方來人的下襠。

這兩下腿法雖分為二，卻是如雷轟閃電一般在一眨眼的瞬間完成；只聽兩人各是一聲慘叫，身形便窩了下去；黃安沒時間得意，更不猶豫，一搭前排座椅翻身越過，往羅傑處直直奔去。

羅傑的手下其他兩個正按著阿皮在地上，另一個守著戲院出入口離得太遠，僅剩下兩個人一見黃安非但不逃，反而還往老大羅傑處急竄而來，想也不想，兩人身形一動便向前頂了上去。

「抓活的！」羅傑喊了一聲。

黃安要的正是這兩人的反射性保護動作與這片刻之間接收羅傑指令的停頓。他腳下一個踉蹌，像是被什麼東西絆了一下而摔倒在地；那兩人見狀大喜，直往下要按住他；可是黃安一摔在地，緊接著在一個側向前滾翻中已將後腰的兩柄短刀揣在手中，一吸氣，那兩把刀無聲無息地攻向那兩個羅傑的保鑣。

這一下前滾翻中掏刀，是黃安在局子裏與老特務們學來的技巧，要知道局子裏的編制雖然是推翻專制皇權的清政府以後所成立的現代政府組織，可是當初創始的幾個人全是戴老闆從舊時青幫裏頭吸收過來的好手；因此早期局子裏的江湖奇人頗多，黃安剛入局子時十分乖巧，見到老特務們都稱叔叔伯伯，而這些叔叔伯伯每個人都教了黃安一些刀法刀技，他融會貫通，最終形成了黃安自己用刀練刀的體系。

而黃安拿著的那兩把短刀雖然外表平凡無奇，就像是黃昏夜市裏魚攤小販手上拿著的短刺刀；可是那精鋼可卻是坤沙精心挑選找緬人老工匠鍛造的，端的是鋒利無匹，入人肉如穿豆腐。黃安左手正握著的一刀由左首那人的心口刺入，右邊一刀反握一掃，卻割開了右首那人的頸動脈，

披撒飛濺的鮮血一下噴滿了黃安滿臉，他用力一推將那兩人的屍體往羅傑身上撞去……

黃安回想起來那第一次與羅傑見面、被羅傑抓住的情形，還是忍不住嘖嘖稱奇，黃安說道：「羅傑，我到現在還是想不通，到底你是怎麼忽然消失，又忽然出現在我背後的？」

黃安與羅傑身在一個貨櫃裏頭，外頭搖搖晃晃，像是被一輛大卡車載著，黃安不知道羅傑要帶他去哪裏，但想既來之則安之，若是這矮胖子要殺了他便早就動手了，可見

羅傑必然有求於他，黃安一想到此處，便敞開心懷與羅傑亂聊。

羅傑呵呵笑了起來：「在那影廳裏你一往地上摔，我就知道你是假裝的；可是你太過於專注對付眼前的兩個人了，所以才連我從旁邊走過去，你也完全沒發現。」

「所以，我一假摔你就知道我要拔刀殺了那兩個人？那兩個人你救也不救？」黃安冷笑。

「求主憐憫。」羅傑在胸前畫了一個十字，才又說道：「安，他們在這場聖戰中犧牲，是他們的榮幸。」

「聖戰？」黃安皺眉：「你們到底是什麼團體？組織？目的到底是什麼？」這句問話黃安自從被抓到以後，早已經千迴百轉地在心中問過。羅傑這夥人功夫精湛兇悍不說，最詭異的是完全猜不到他們的目的。

黃安自忖他作為坤沙與台灣這邊的雙面間諜，曾經幫坤沙的毒品流入台灣；也曾出賣過坤沙的情報，導致他的二把手大軍師張蘇泉入獄……得罪過的勢力與人馬太多太多了，任一方發現他的圖謀，都會毫不猶豫地殺了他。

可是羅傑這幫子人抓到他以後，卻只是把他關在一個地下室裏，每天供他吃喝，關了兩個多月才第一次把他帶出來上了貨櫃……而對於黃安殺了他們兩個人的事情，一句話也沒有跟黃安追究，更別說是上大刑伺候。

這期間，羅傑他們只是換了幾撥人一個勁兒地問黃安的身世，從一開始黃安在老寧奴處學的功夫開始，後來到坤沙的刀手營裏，最後又問了黃安混入富國島軍隊裏以後，跟他的那個廣西人爸爸學了些什麼。

「哼……那老傢伙什麼也沒教我，就是教我瞄準時要閉上一隻眼睛，記得呼吸，然後扣下扳機而已。」黃安如此說道。羅傑聽了以後只是搖搖頭，說，黃安你那個爸爸，當年是李宗仁部隊裏排名第一的狙擊手，就這麼教你開槍？黃安雙手一攤，說真是這樣，沒別的了。

羅傑點點頭，並沒有追問下去，又繼續問著黃安：「嗯，上次你說到，你到台灣來以後，最後還跟一個住在陽明山附近的老頭學過功夫，具體情形是怎麼樣？說來聽聽。」

黃安注視著羅傑那雙湛藍色的眼珠，心想，還真沒聽說過那一路的特務組織對中國功夫這麼好奇的，哼，抓到了我這麼重要的人物，什麼情報也不拷問，既不殺我也不上刑，就是天天有一搭沒一搭地問我武功上的事。

貨櫃車裏搖搖晃晃的，黃安道：「我們到底要去哪裏？這個故事很長，我怕我還沒說完就已經到了目的地，那多掃興。」羅傑興味盎然地盤腿坐了下來，又掏出懷中的酒壺喝了一口，然後徐徐地將酒氣噴向空中。

「慢慢說，我們現在已經上了船，旅途還長著呢。」

## Chapter. 29

本來我是要調查那陽明地宮裏的人物與朱鳴的私下聯繫與關聯的；豈知道，後來事情的發展大大出乎我意料之外。

「朱先生嗎？你好，我叫黃安。」我伸出手與眼前這個留著俐落小山羊鬍的斯文老頭握手，拿出名片，介紹道：「我是……」

朱鳴只望了那張名片一眼，便揮揮手，說：「我知道，你是因為那『長白山人』的事情來調查我的吧？哼！」他接著解釋道，「他以前得罪了你們老頭子，這事沒錯；可是老頭子也關了他這麼多個年頭了，老頭子還想不明白嗎？丟掉江山並不是因為他的關係啊……更何況，長白山人講義氣，當年與老頭子的約定他始終沒有講出來；現在的他，不過是一個不問世事的明史研究學者。老頭子何苦呢？還不放過他？連跟他互相研究學問的筆友，都要專門派人調查？」

「咿，朱先生聽起來已經知道那長白山人是誰了。」那人寫信絕不提他自己的身份來歷，只署名是『長白山人』；而這朱鳴居然猜得到他是誰，而且視若平常，沒半點大驚小怪的蠢樣，嗯，這傢伙不錯嘛，忍不住讓我對眼前這相貌普通的老頭多評價了兩分。

朱鳴哼地一聲：「我與他天南地北無所不聊，雖然只是紙上相交，可片紙相識卻已是心心相印；古人說的高山流水，伯牙與鍾子期的故事你聽過沒有？我與他便是那樣。他的閱歷見識，還有筆底的那股萬千豪氣是打死也假裝不來的，肯定是那個人，還用的著問嗎？」朱鳴拍了拍我的肩膀，說：「怎麼樣？黃先生來找我做甚麼？你們難不成連我也想關起來？」

我輕輕一笑：「朱先生誤會了。這只是我們局子裏的例行公務，您別多心。」我隨朱鳴走入他家客廳，「您與那人的往來信件，我們都拆開仔細看過；討論明史的部分也請相關的學者來鑑定過，確認一下你們只是在討論歷史，從朱元璋到朱由檢的功過，從正史與野史間的出入……朱先生這方面的學問我們是知道的，堪比國際一級期刊的歷史學者。有些見聞連那些大學裏頭專教明史的老學究都不知曉，長官們還訓斥了他們一頓，讓他們回去好好做做功課。」

朱鳴沒好氣：「甚麼年代了，你們連這些信也要查？真是，哎。」雖然不滿，但他畢竟還是知道我是誰，我代表甚麼組織，仍然招呼著我坐下來喝杯茶。

「那些信，研究明史的部分是沒甚麼問題，不過……」我調整了一下坐姿，道：「長官們與那些歷史學者，還是有一點不明白的地方。」

朱鳴雙眉一軒，說：「甚麼地方不明白？」

「您信中寫到一點，說當年錦衣衛裏有一種神奇的武功，是朱元璋當年請了一個神秘的人物天梁，留在皇府內衛中的。」我問道。

「嗯，這話是沒有錯，這種功夫正是我們朱家祖傳的功夫；不過呢，如果按照嚴格的歷史考證邏輯來說，沒有一種拳法是可以流傳七、八百年而不變形的。所以現在傳到我手中的功夫，到底是不是當年朱太祖的內衛軍總教頭天梁大師傳下來的完整武功，這點的確有待商榷。不過絕無疑義的是，我現在手上的武功與當年天梁大師傳下來的武功是一脈相承，環環相扣的。」

我看著朱鳴認真地表情，訴說著一件根本沒有人會相信的故事，忍不住笑了出來，然後說：「朱先生，你當真相信你自己說的話？」

朱鳴皺眉：「這件事千真萬確，有甚麼好不相信的？你如果不相信，那又何必來問我？」

我擺擺手，道：「開門見山的說，我們局子裏的長官懷疑你與那人其實根本討論的不是甚麼錦衣衛的武功野史，而是用一些暗號密語在溝通，圖謀著一些事情。」

「圖謀？」朱鳴瞪著我道：「長白山人都被你們關在陽明地宮裏好幾十年了，還能與我圖謀些甚麼？」

我聳聳肩：「圖謀的事情可大可小；大至分裂國家，小到牽引幾個紅色份子混入台灣，真要羅列起來，件件都是死罪。而我們局子裏的工作就是要確保這些事情不會發生，而且要連一丁點機會都沒有。長官說，看不懂朱先生與那陽明地宮裏的人勾勾搭搭地說些甚麼『生生功』、『拖泥帶水拐彎抹角』、『九活六通三顫』之類的暗語，因此特別要我來向朱先生問清楚這事。」

朱鳴癟了癟嘴：「這些都是我們老朱家生生功的口訣，『九活六通三顫』是生生功的練法總綱；而『拖泥帶水拐彎抹角』，這八個字是打法總綱。怎麼了？這也犯了王法？」

我倒了一杯茶，一口喝盡，說道：「局子裏雖然手段有些毒辣，但向來不做冤案，這點辨別是非黑白的能力我們還是得要有的。既然朱先生說這生生功是真正存在的武功，何不如搭搭手，讓我感覺一下這朱家生生功是個甚麼味道？」

朱鳴聽到我這麼說，斜眼看著我，說：「搭搭手便搭搭手。不過我話說在前頭，搭過以後你們不准再去煩長白山人，也不准去外面說三道四我老朱家的東西。」

就這麼朱鳴坐在沙發椅子上，手便伸了過來；我也伸出一隻手與他搭著。

「你隨便來。」朱鳴說道。

寧奴的功夫講究上下齊攻，當年老寧奴教我的時候說，說這寧奴裏的腿法是一絕，練好了可以是第三隻手，來去無蹤，打得人猝不及防；可是就這麼與朱鳴搭坐在椅子上搭手，我的腿法便用不上了。不過，在寧奴裏頭兩隻手的變化還是很多的，我那時心中打定主意，就用這雙手間的變化試探看看朱鳴，看他的生生功究竟是何玩意。

當時說得遲，那時兩人的動作卻是極快。我一搭上朱鳴的手便一拍他，將他的前手微微拍開後，隨即後手拳就從中門裏頭穿了過去，直奔朱鳴門面，他　了一聲，後手從內側捲過來，纏住我的小臂，身形一晃發力，竟將我整個人帶離沙發。

那勁力來的好快，一發即收，我還來不及反抗，便被他帶開重心往地上摔去；而正當我感覺要失重的那一刻，朱鳴一撈手又將我帶了回來，重新坐在沙發上。

「你……朱先生……你這是……」我很久很久沒有驚訝過了，朱鳴這一下東西，裏頭分明是當年老寧奴教我的內寧奴的霜氤功夫，可是……可是他怎麼能夠坐在椅子上用出來？

朱鳴笑了笑，沒有回應我的問題；他揮揮手，站起身來做送客狀。

「黃先生，我的東西你聽過了。這生生功的味道與外面的拳法大不相同，對吧？」

朱鳴笑咪咪地說。

我站起身來，腳底蹭了蹭地面，「朱先生，我想再試一次。」「可以。」我不等他回答，一拳往他臉上直灌，朱鳴兩隻手翻上來抓我一隻手；我沒等他抓實，前手一曲肘向上頂而小臂斜向一洩力，後手再從懷中穿出做一個橫攔解開他這招；不過我變招快，他變招更快；一聽到我這力來，他腳步後撤，那兩隻手一個圈又是另一個圈，抓住我後手便往他身後猛拽過去。

我就等他這一下真力。

老寧奴當年的教導，『霜氤』這東西無形無相，從腳掌底部的凹陷處而起，行於膝窩腿臀之間，由雙腿內側穿過尾巴骨頭走腰際而直上，再從胛窩直穿肘底關節處發出。那時我等朱鳴用雙手一拉我後手要將我甩出之際，我另一隻手也搭了上去，用霜氤的力量也猛然反向往後一拉，與他較上了真力。

說得遲，那時快；兩人一較力，分別都是身形一震，誰也沒能將誰震出去；朱鳴面露驚訝之色，可是當時畢竟是他功夫比較深，朱鳴隨即一化一搓，我還來不及喚起霜氤，整個人便給他打飛了出去，直直撞上他家客廳與玄關之間的落地玻璃。

只聽匡噹啷啷一陣碎響，朱鳴家的玻璃碎了一地，而我硬生生地從客廳退到玄關處才站住腳根。

在還沒感覺到背上被玻璃扎入的痛前，我先聽到了朱鳴的那句話。

「你……你這身內勁是哪裏來的？傳說中，生生功練的是天根力，是掛在空中的力；而還有一種東西由地而起的……叫做地根力……感覺上……應該就是你這股力！」朱鳴的表情一臉興奮，驚訝地幾乎忘了我剛走進來時與他的一些不愉快，只說道：「你這地根力非常特別，我走遍台灣也見不到幾個有的；只有那年在公園裏遇到一個教太極的老拳師稍微摸到點邊而已……但他的『勁質』差你差的遠了！」

朱鳴大口喘著氣，滿面紅光，說道：「你不怕痛的話，再上來我們試試？見到這麼純的內勁可不容易啊……何不如我們互相研究，把我的天根力與你的地根力合併起來；再加上我最近正在研究的太極拳，肯定可以成就不世武功——你說怎麼樣？」

『拳痴。』我在心中冷笑，『這朱鳴雖然看起來崖岸自高的樣子，其實不過只是個拳痴……哼，沒半點用處的傢伙……坤沙叔叔說的，凡是對各種技藝太入迷的人肯定成就不了大事……癡迷拳藝，不顧其他，這正是練武人的大病。』

我心中雖然這麼想，可是特務的基本功就是裝出一副與內心想法完全不同的神色出來。我調整了一下臉上的神經與肌肉，盡力做出一副誠懇之至的表情，掙扎地忍著背後傷口的痛處，當場跪了下去。

「朱老師年紀比我大，互相切搓何以克當？」我跪下去的時候，心裏已經盤算好整套將朱鳴的武功學走再將他送進去關上一輩子的劇本；只是嘴上呢，當然說的得是另一套台詞。

「師傅在上，徒兒黃安給您磕頭啦！」

我最後重重地給這朱鳴磕了三個響頭。

# Chapter. 30

我得說，一開始與朱鳴學拳的拳的時候，我跟他的關係還是不錯的。

我雖然沒有跟他透漏過我的身世，但還是有跟他說一些心底話。

「師父，我小時候是被一個鄉下藤器工廠老闆領養的小孩，那個老闆跟我說，他太太得病早死，所以他去孤兒院領養我出來。我的養父說，我是一個沒有人要的孩子，現在被他領養，等於是第二生命，要我好好唸書，將來長大以後繼承他的藤器工廠。」

「我們那種鄉下的藤器工廠啊，早年可賺錢了；從鄉下找幾個家庭婦女代工，幾個小婦人嘰嘰喳喳一面聊閒話一面浸水捆織火烤收邊，一個下午就可以做出幾十個藤椅出來，又快又好，冬暖夏涼，賣到東南亞各國都是很受喜愛的。」

「師父，我本來以為我的人生就是這樣，可是在我七八歲的時候，發現並不是這樣。我的大腿內側地方有一個水波圖騰的刺青，小的時候看並不明顯，可是隨著長大那圖騰是越來越是清晰。我去問過好多個刺青師傅，他們都說這是一種古老的刺青技術，可能是山地人中某族的象徵圖騰，被刺上這圖騰，代表這個孩子是他們族裏的孩子。刺青師傅還說，這種技術很奇特，只在一些古老的部落裏流行，主要是刺在嬰兒身上讓孩子長大以後可以知道自己是哪一個部落的；初時刺上去時圖騰並不明顯，但漸漸地會隨著身體越長越大而逐漸清晰起來。」

「我後來讀到一本書，書裏頭說在中國大陸上南方山群裏的苗族裏也有這樣的刺青技術；書裏還說當時苗族有一個走失的女嬰，苗族的刺青師傅在她的大腿上一邊刺蜈蚣一邊刺蠍子。後來這個女嬰就是憑著這兩個刺青，才找回真正她屬於的部落。」

「我把我腿上的這個刺青給養父看，問養父說：『如果我的爸爸媽媽一開始就不想要我，為什麼會在我的身上刺上族裏的印記？』養父支支吾吾答不上來，哼，他這個鄉下藤器工廠老闆，平常在小地方裏威風大得很，指揮這指揮那的，一副不可一世的威嚴……哪知道遇到這個小小的刺青，居然給我難住了。」

「我後來決定再也不相信養父的話，我決定要用自己的眼睛自己的手去確認我的身世。後來我發憤努力考上了調查局，利用局子裏的資源重新調查我的身世；結果……讓我找到了。原來我媽媽早已經死了，而且是在生我的時候難產而死的。」

「是當時照顧我媽媽的那個女護士告訴我的，她說，我媽媽來醫院的時候肚子已經很大了，我的爸爸卻沒有陪著她。那個護士又說，我媽媽死前還來不及幫我取名，只是在發燒昏迷的時候反覆叨念著：『慕容……慕容……罷了……罷了……』，所以她最後幫我登記了這個名字。」

「那個女護士說，我媽媽到最後還是在想念那個叫做慕容的男人；她叫我去找那個男人問清楚，為什麼當時他要遺棄我的媽媽。我說好，所以我邊做局子裏的工作，一邊打聽那個叫做慕容的男人的下落。」

「我恨那女護士，為什麼不好好養活我？還給我亂取名字，慕容罷了？簡直亂七八糟的。我也恨那藤器工廠的老闆，我的養父，為什麼他不好好告訴我真相、讓我追尋我自己的人生？所以我後來進了局子裏以後常給他下套，哈哈！故意去影響他從印尼那裏進口的藤材，讓海巡那裏的人用各種理由截斷查抄他的貨源，沒有了藤材，我看他還要怎麼生產他引以為傲的藤器？」

我告訴朱鳴我的故事，他聽得一愣一愣地，說很可憐我、很心疼我；還要我好好練功，將來一定可以找到那個叫做慕容的男人。

羅傑，你知道嗎？真正好笑的是後來朱鳴被我關進去警總大牢裏的時候，居然以為我跟他講的一切都是假的。他聽了我同事的話，以為我講的這些，我叫做是慕容罷了的故事，一切一切都是騙他的。

其實我只有一件事是騙他的，那就是當朱鳴問我我的拳法到底是跟誰學的時候，我說，是跟軍中一位比我大幾歲的哥哥學的；那位哥哥姓盧，是香港葉問老師的親戚……沒辦法，我不能告訴朱鳴有關寧奴拳法的事情，那是我的秘密。

很荒謬吧？我說我的拳法是跟軍中的盧大哥學的，朱鳴深信不疑，從來沒有一絲懷疑過我的武功來歷。但是局裏的同事拷問他的時候跟他說，說我黃安的真名其實根本不叫甚麼慕容罷了，而只不過是當年黃杰部隊裏一個狙擊手的兒子——朱鳴聽完居然反過來罵我編了一堆謊言騙他。

該相信的事情不相信，不該相信的事情反而深信不疑，很奇妙的人性心態。我前陣子遇到一個咒術師跟我說我最近會出大事情，我笑一笑，回他道我最近過的順得很，怎麼會出事？咒術師說：「人在越覺得自己順的時候越容易出事；在很多判斷與選擇上，越是一個艱難的抉擇越可能是對的，而越是一個輕易且自認為無比正確的抉擇，卻往往是墮入深淵的開始。」

我問咒術師說，這是為什麼呢？咒術師回答道：「原理再簡單不過——『在劫難逃』唄！你命中有此一劫，所以心裏期待著犯錯，便真的犯錯了。」

羅傑，老實說啊，我被你抓到的時候心裏真他媽鬆了一口氣。一開始幾天我還擔心著會不會被你斃了，這幾天呢，卻是越過越是舒坦；我原來的人生我真的過累了，天天說謊，一具行屍走肉的人形機器，騙這邊也騙那邊，到最後我都不知道，我是不是連自己也騙了進去？

我那天在朱鳴家的時候看到一個小姑娘，很有趣，也很彆扭，明明是一個好看的小姑娘卻硬是要剃短髮耍拉風；我忍不住逗逗她，把我查到的她家裏頭的背景告訴她。我就是看不慣她活得那麼彆扭，就是想把她的假面具給撕下來。

明明家裏有問題，卻幹啥賴在家裏不走？不如與她奶奶翻臉撕掰！何必呢？這種爛到底子裏的家人何必還要？裝模作樣地維持著一副家裏和和氣氣的假象，真的開心嗎？還有她旁邊的那個小子，我一看就知道她肯定喜歡那小子，卻在那小子的女友面前裝沒事，一副與那小子稱兄道弟的樣子，何必？喜歡他，就去跟他講啊！

我越做特務就越來越覺得人啊，其實假的很，白天與晚上不一樣的，每個人都有他醜惡的那一面。陽明地宮裏的那老兒說過一句話我挺贊同，他說：「人就一張臉扮著，扯下來以後啥都不是！」這話說的真是太好了，想想，我也是一張臉扮著，現在不想扮了，也想扯了算了。

嗯？你問我到底跟朱鳴學了甚麼？前一回不是說了嗎？就是『九活六通三顫』與『拖泥帶水拐彎抹角』。

朱鳴的生生功，裏頭的道理很是奇特，與我原來學的「寧奴」完全不一樣。

原來老寧奴教我的時候，說正路是這樣練的；從腳心上來，自背上貼行，而運用在雙手；這一路「霜氤」行走在身上的路線絕密，最關鍵的還是腳底的秘密，要練到腳心底下畫的圈兒能在手心中呈現出來；老寧奴說，這好比河底隱流畫了個圈，能將行於河面上的船甩了一圈出去。

我原來以為這是正理，卻從沒想過，這霜氤的路線，居然還可以倒著來。

既然能「從腳到手」，力發於底；那必然也能「從手反練回腳」，力取之於空。

用朱鳴的話來說，寧奴拳法的霜氤走的是「地根力」；而他老朱家的生生功，走的是「天根力」。

那生生功的原理，便是把身體各部位拆開拆散，完全不用一丁點力，放在空中去感受本體的重力，然後用這個重力再回頭帶動身體、啟動身體；他曰之「換力」，用重力換身力，用自然力換體力。『九活』就是將九大關節活開；『六通』就是將頭、軀幹、還有四肢之間互相作用的六條路徑給打通。

不過可惜最後的『三顫』朱鳴死活也不肯告訴我，他說那是人體內部絕密的三塊骨頭；一塊負責前後顫、一塊負責左右顫、最後一塊負責上下顫，所以名曰『三顫』。這三顫就是拳法的最核心秘密，練好了之後，便可以在六種方向之間隨意發力，滑潤轉換而不滯殆。

至於用法，朱鳴說傳到他這一代的時候具體的動作已經不見了，只剩口訣；所以他正在研究太極拳來補這塊實際動作的缺失。朱鳴說上一代的中國北方武人喜歡講形意八卦太極三拳合練，其實形意走直圈，八卦過橫圈，而太極拳則是斜圈中又有斜圈，所以練一個太極拳就夠了。

生生功裏的『拐彎抹角』訣，其實與太極拳裏頭的『亂環』訣異中有同。拐彎抹角講究的是用九活六通將身體的骨節中的各種角度打開以後，在與對手糾纏對陣時可以從意想不到的角度去發力與攻擊；這一點太極拳裏頭也是這樣設計的，「摟膝拗步」練正向的堂堂之陣，「倒拈猴」就是練反向的拐彎抹角奇兵打法；又如「手揮琵琶」練正向正勢，「斜飛勢」、「玉女穿梭」便練的是斜向斜勢、拐彎抹角的偏側應用。

而『拖泥帶水』訣其實與太極講的『敷蓋對吞』也有息息相關之處。朱鳴說，『拖泥帶水』的訣竅在於皮與骨分開運作，兩人搭手糾纏之際，我牽動對手的皮卻不咬死他的骨，入肉半分就夠，這樣才能制人而不制於人；反過來說若是對手擒拿我，我也要將皮與骨分開，將皮層留給對手，內裏頭卻用骨頭換方向打他。

其實這些東西，老寧奴當年也有粗略地教過我；她說二人往來拳腳，如船行水面，水面的波紋與水底的洶湧潛流是不一樣的。人是水做的，渾身都要練到表面的波紋與底層的潛流分開，各自運作，互相打擾又能夠互相不打擾。只可惜當時我年紀太小，聽老寧奴的話沒有聽懂；後來在朱鳴這裏，才恍然大悟這個簡單的拳理。

羅傑，我所知道的都說給你聽了。你現在總可以告訴我你們這夥人不計一切代價監視我最後抓住我，又把我扔到這只貨櫃上運到一個不知道是哪裏的地方……這一切，到底是為了甚麼？

# Chapter. 31

那天老衲回去那間破屋子的時候，著實嚇了一跳。

因為奶奶住的那個木屋，原來便是日據時代留下來的老建築，頂上的樑木嘎吱嘎吱作響，早便已經聽得習慣了。附近的那個養貓怪人養的貓，天天在奶奶屋頂上穿梭來去，踩得屋瓦澎澎樑木嘎嘎，卻從來也沒人覺得怎麼樣。

可是那天，卻出事了。

老衲穿過暗巷，打開進院子外圍的銹鐵門，才踏入那木屋群落的前院中便已知道不好。

幾十隻貓圍繞在奶奶的木屋旁，地上，牆上，還有隔壁木屋的屋頂上——而奶奶的木屋正頂上破了個大洞，貓咪兒在屋頂上圍成一圈，都向那洞裏喵嗚喵嗚地亂叫。

奶奶家的門鎖著，老衲來不及找鑰匙，一拉門旁的木窗硬推向上，拿書包擋著支撐，翻身便往裏頭搶入。

客廳正中的屋頂垮了下來，地上都是碎裂折斷的樑木，奶奶倒在地上，頭邊都是血；一群貓在她身上來來去去，喵嗚喵嗚地叫。

俺搶到奶奶身邊，只見她雙目緊閉，腦殼後摸上去稠忽忽地都是血；那年代根本沒有甚麼手提電話，奶奶家裏也沒錢裝上家用電話，老衲急得不得了，但基本的止血急救還是記得的，俺脫下制服，將奶奶的頭上綑緊，再把奶奶背在上身。

「奶奶，別慌，老衲帶妳去醫院。」老衲拍了拍臉，深吸一口氣，將奶奶扛到身上，踹開木門，往醫院的方向跑去。

記得那天，大半夜地，忽然淅淅瀝瀝地下起了雨。老衲在雨中背著奶奶跑了好久好久，從不知道，原來背著一個人跑，想跑得快，又得要跑得穩，那是多難的一件事。

但是在很多時刻，當你身為身邊的人唯一的依靠的時候，你不得不得知道，你得背著身邊的人跑，要跑得快，也要跑得穩，而且你不敢露出一絲疲態，讓背上的人擔心。

老衲記得那個下雨的夜裏，奶奶在俺背上，氣若游絲，只問道：「……桐九呢？」俺那時身上汗氣蒸騰，眼睛裏也不知是雨還是汗，早就看不太清楚眼前的路，也不知道該怎麼回答奶奶的話。

「……她知道了。」奶奶說。

停在離醫院的最後一個紅綠燈前時，老衲的手實在痠得不得了，偷偷地在背後換著重心，左右休息一下，然後吸口氣，說道：「奶奶，快到了。」

「跟桐九說，她媽媽的事，也不是我願意的。」奶奶說。

那個時候，台北的醫院非常的少，離奶奶家最近的醫院，便是那間拜基督會開的醫院，約莫是兩刻鐘的腳程便可以趕到。

老衲好不容易將奶奶送到醫院的時候，早已筋疲力盡，安慰奶奶道：「奶奶妳別想那麼多，等妳好了，我們再一起跟桐九解釋。」

奶奶點點頭，看著老衲，也不知道是腦後的傷勢太重還是心情激動，卻也沒有再跟老衲說些甚麼便暈過去了。

那是老衲最後一次與奶奶清楚的對話。

人生很多事情便是這麼急轉直下，有許多的猝不及防，也有許多的措手不及，一個閃失，人生的路就走另一側，再也不同。

到了醫院以後，那裏的醫師做了簡單包紮，觀察奶奶的狀況以後，把老衲拉到一旁說：「這位女士的狀況不樂觀，昏迷不醒，雙眼瞳孔大小不一，還有間歇性抽搐，這種種的症狀看起來，恐怕有顱內出血的情形；但是以我們現階段的技術，無法斷定動刀還是不動刀，也無法確認顱內血腫塊的位置與大小……」那醫師停了停，斟酌性試探說道：「不過，現在退伍軍人醫院那裏有秘密從國外引入一台機器，可以透視人體，直接觀察頭顱裏頭是否有血塊壓迫，但……」

老衲哪忍耐得住，急喝：「但是甚麼？快說快說！」

那醫師吐出一個當時對老衲來說是天文數字的價錢，然後說道：「目前那台機器還在實驗階段，尚未對一般大眾開放，只有少數皇親國戚可以使用。你若要用，這點錢恐怕跑不掉。」

老衲當時聽到那個錢，腦子沒被砸到卻也是一陣暈眩，心中第一個想法便是，錢錢錢，世事難行錢做馬，這已經遠遠超過俺身上所有的積蓄了，拿出去還得了？可是轉頭看看奶奶昏迷不醒的樣子，牙咬了咬便道：「這點錢，小意思。你安排俺奶奶轉院檢查，我回頭取錢便來。」

於是老衲讓醫院的人安排奶奶轉去那間當時台北醫療技術最高級的退伍軍人醫院檢查，回頭將帳戶裏的錢全部提出，又找朋友聯絡當時俺高中裏最有錢的泰公子幫忙。

泰公子雖然與老衲素不相識，但彼此的名頭在學校裏頭都是互相聽過的；泰公子是獅子座，為人雖然低調，可真有一股潛藏的霸氣，電話中俺只聽他說：「老衲你找我借錢可以，以我們家的背景諒你是不敢不還。只是除了還錢以外，你還能給我些甚麼？」

「老衲沒本事，能還上你錢已是萬幸，甚麼十分利五分利是絕對殺頭也給不出來的。泰哥你要開甚麼別的條件任開，利率高低啥的就別跟俺開口了。」

「爽快。」泰公子沉吟一會，才道：「我其實也對武術很有興趣，聽說……聽說跟著委員長來台灣的大陸高手之中，以孫無忌孫老師功夫最高；只是……只是我不知道孫老師對我們本省人有沒有甚麼……你知道的。」

當時政治氛圍雖然與現今大不相同，可是內在的理路卻是一樣；明明是同一個國家的人，卻因為各種政治領袖喊的口號與私人與派系之間的利益鬥爭，而導致國民之間相互謾罵甚至相互仇視，老衲向來最恨政客，其來有自。

那時候跟著委員長來台灣的那一批大陸遺民，對本省許多豪門貴族世家子弟自小受日本教育出身而所以對日本國有好感與親近的狀況，很是有一點不舒服；平心而論這可以理解，那批大陸遺民才剛剛在神州大陸上受過日本軍隊的炮火與刺刀血洗，初來乍到台灣這塊世外之地，桃花源島，看著這島上原來的島民居然對日本人懷抱如此好感，兩者之間歷史經驗截然不同，自然容易產生誤會。

當然這恐怕也跟蔣氏政權的操弄有關，委員長在大陸上才剛剛鬥倒桂系與奉系，被紅軍奪去江山之後，驚弓之鳥的餘悸猶存，不得不又在島上玩起兩面手法；一方面掃掉親美派的孫將軍，另一方面又要壓制本土台派勢力的崛起，正值此時自要煽動老百姓們在思想上靠攏領袖，遠離本土權貴仕紳。

這好比劉備入蜀時壓制蜀中原生的益州派勢力，而後又清算親東吳派系將領，導致後來孫權之妹憤而出走；讀三國要讀懂背後的黑暗政治角力意涵，不能只光看表面猛將脫去上衣單挑的熱鬧，要知道古今政治領袖弄權方法，其理如一。

扯遠了。

老衲那時一聽泰公子吞吞吐吐的話，心中便已雪亮，立時回道：「俺老爹與孫老師熟，泰哥你若想學武，俺拍胸脯帶你去見孫老。」

泰公子一笑，連說一言為定。後來老衲才知道，原來有錢人想得真的跟咱不一樣，老衲原以為泰公子是真心想與孫老學武，其實哪裏是這回事？是泰公子的四叔做生意得罪了當時軍統體系裏的人物，而孫老師當時正在教那位指定要接手軍統的皇孫武功，所以泰公子當然要拜師孫老，以委婉間接的方式側面化解這一層衝突與尷尬。

愛新覺羅毓鋆毓老師，當年老衲也曾聽過他老人家幾門課，印象最深便是毓老師說的：「勘破世情驚破膽，萬般不與政事同。」這世界啊，雖然不是每個國家都有種姓制度，但刹帝利（Satrias）與蘇陀羅（Sudras）兩種人的想法真是大大不同。

又扯遠了，錢的事情搞定以後，老衲便飛奔到那退伍軍人醫院；那時奶奶已經開完頭部的刀，在病房裏休養觀察，而動刀的醫師出來跟老衲講解病情。

那醫師滿臉鬍渣，一頭亂髮，一臉沒睡飽的樣子，見到老衲便叫老衲坐下，翻了翻手上厚厚一冊的文件，說：「這個李劍，是你的甚麼人？」

老衲道：「是俺的奶奶。」

醫師皺眉：「我看資料，她在台灣只有登記一個女兒李依依；而且早就在十幾年前被申報為失蹤人口。另一個則是叫做李桐九的，這個李桐九，是……」

「是俺同學，奶奶的孫女。」老衲頓了頓又道：「但俺與桐九都喊她做奶奶，不分親疏，這是奶奶許我的。」

那醫師點點頭：「那你快叫她一起來陪你們阿嬤吧！李女士，沒剩幾天了。」

老衲吃了一驚：「怎麼？奶奶頭上的傷很嚴重嗎？還是……」

醫師搖搖頭道：「不是。頭上撞著的顱內血塊我們已經幫她清除；可是在做電腦斷層的時候我們發現，李女士的腦袋裏早已長了一個大瘤——你們沒注意到？」

那醫師自以為幽默地笑了一下，說：「當然你們不會看到她腦中的瘤塊，否則我們也不需要引進外國的CT機器了。不過，難道你們沒發現，李女士最近有半邊手腳常常不自主抽動、或者是走路不穩不平衡的症狀？從瘤塊的大小來看，壓迫得已經很嚴重，不可能完全沒有症狀。」

老衲聽完醫師的話，如五雷轟頂，呆在當地半晌說不出話來。

心中只想著：『這大半年俺要不是在朱四爺爺家陪桐九練武功，就是與桔梗約會看電影喝咖啡徹夜鬼混，荒唐得緊，居然沒發現奶奶身體已經出現如此重大變異。』

背上的冷汗涔涔而下，不禁在心中大罵自個：『你該死！老衲你該死！』

# Chapter. 32

從那一天起桐九就不回家了，老衲不知道勸過她幾次，可是她不聽就是不聽。

「桐九，奶奶現在已經這樣，雖然有泰公子的幫忙安排她住特別病房，可是醫生說，無論開刀與不開刀，她的生命……只剩下最後幾個月，妳真的不去看她？」

桐九搖搖頭：「老衲你記得，那時奶奶是怎麼跟我們說她認識爺爺的經過？」

老衲沉默，當時聽奶奶說這段經歷的時候，很多術語與情景沒聽懂，後來與黃安師兄說的一對上，就全懂了。

桐九瞪著老衲，說：「你說啊！奶奶當時說甚麼來著？」

俺眼色一暗：「奶奶說，爺爺是她『梳攏』的客人。」

老衲當時以為，「梳攏」是甚麼普通的行為，又或者是甚麼京戲行裏頭專門的術語，可能是專門為大官打板唱戲又或者是專門給富賈排一齣魚龍舞樂之類，豈知後來想起，完全不是那回事。

桐九道：「那時我看你一臉迷糊，便知道你不懂；我後來私下問過國文老師，馬上就知道了。」

老衲長嘆一聲：「奶奶說，爺爺雖然是她梳攏的客人，可還是對她很好的，常常回來看她，還帶她去言茂源酒樓吃大閘蟹；奶奶說，爺爺吃大閘蟹有個講究，甚麼竹葉青、女兒紅之流的酒類都不可以上，只能配四川的綿竹大曲、又或者是北平同仁堂的五加皮，這其中的講究，奶奶說比洋人吃紅肉紅酒或白肉白酒的配法，還要刁鑽。」

桐九那時帶著桔梗給她買的野戰睡袋與盥洗用品，還有俺幫她扛過去的幾床大被子，臨時到那時剛剛蓋好的禮堂地下室打地舖。那時候俺高中的禮堂還是個籃球場，剛剛蓋好沒幾年，挖了一個小地下室沒人用，桐九不回家，便決定偷偷睡在這個沒人使用，又窄又小的禮堂地下室裏。

桐九摸了兩組學校桌椅放在她的睡袋旁，三年的高中課本便堆在地上，從一樓接了一條延長線到地下室，點起燈，便在這小小的禮堂地下室複習功課。

她被老衲煩得不行，蓋上課本，轉身對俺說：「老衲你不懂，你知道為什麼我不想去看她嗎？」

老衲側頭想了想：「妳恨她？」

桐九搖搖頭：「不是，或者，我也不知道。」她低著頭，坐在地上捲曲著身子窩在角落的睡袋上，說：「她自己做……又連帶著讓我媽媽做……這些，我原來都不知道，雖然隱隱約約可以猜到奶奶肯定不會是爺爺的正房，可是……也不知道原來是這種狀況。」

那時距離那一天，老衲與桐九在朱四爺爺家與桔梗一起遇到黃安師兄的那一天，已經足足過去一個月有餘，桐九再談起這件事，已能口氣平靜地回答。

桐九從隨身包包裏拿出一張照片，那張照片上是一個長髮而瘦小的女人，全身白衣白裙，頭上戴著一頂那時最流行的大大的夏威夷草帽，還有一副軍用大墨鏡，那張照片有被撕裂的痕跡，卻很仔細地用透明膠帶重新黏合了回來，放在一個手做的剪紙套夾中，那套著照片的紙夾旁黏著很多小花裝飾。

「你看看她，像不像我？」桐九將照片遞給俺看。

照片中的女人笑的很開心，在海邊長髮被海風吹的凌亂，雖然被草帽與墨鏡擋著沒辦法見到整張臉，但肯定是一個大美人。

老衲翻了翻那照片，與眼前的桐九拉成一直線比對，道：「嗯……俺沒看過妳留長頭髮，也不太常見妳笑，不過……這嘴角的輪廓，是的確有幾分相像。」俺嘖嘖地比對了半天，又說：「可是，這耳朵與膚色，似乎……嗯……」

「這張照片，是我很小很小的時候有一次在家裏翻到的，我拿著這張照片去問奶奶，這個女人是不是我的媽媽？奶奶沒說話，當場將照片撕碎了扔垃圾桶，說，這是她以前的一個結拜姊妹，後來背叛了她。」桐九的黃眼珠一轉，眼眶裏一閃，睫毛動了一動，卻終於忍住沒流下淚，她說：「那天半夜，我努力忍著不睡，就是要等奶奶睡著以後去垃圾桶裏撿出來這張照片，我從小沒有媽媽，雖然我不知道那張照片裏到底是不是我媽媽，可是……」

老衲接下去：「可是妳需要一個媽媽的樣子，所以妳偷偷將垃圾桶裏的碎片撿出拼起，對著她想念。」

桐九嘆了口氣，將身子抱得更緊，「從小到大，我只要想媽媽的時候，就會對著這張照片說話。」她說。

「我回答你剛剛問的問題，為什麼我不去看奶奶……」桐九的聲音很小，雖然在地下室裏所有的聲音都會被共鳴效應放大到幾十倍，可依舊細不可聞。

「有一天奶奶有一個條通來的朋友，是一個打扮俗艷的老女人，她說她來與奶奶商量一件事，她們在外頭談了很久，我偷聽了半天，完全聽不懂，不知道她們討論的到底是甚麼事情；」桐九像是說著一個與她無關的旁人的事情，「不過奶奶最後把我叫去客廳，讓那個老女人上上下下摸了我幾把，我一直躲，但老女人看起來似乎很滿意……最後那老女人問我了一句話。」

「問妳甚麼？」老衲話一出口，馬上就按住了自個的嘴，後悔莫及。

桐九的眼神抬起來盯著老衲，似乎在責怪俺甚麼都不懂。

「問我，想要多少錢？一口價。」桐九說。

她那時臉上的表情老衲永遠也敘述不出來，似乎有千言萬語，可是臉上卻是真的一點波動也沒有。

地下室裏一陣沉默，老衲只能坐到桐九身邊肩靠著肩，不說話，大氣也不敢嘆一口，家家有本難唸的經，每個家庭裏頭的辛酸糾結處本來就不足為外人道。

「對了桐九，妳不覺得……奶奶那天說爺爺練的那種拳，其實有點像朱四爺爺教俺們的生生功嗎？」為了逗桐九開心，別去想那些糾結難解的家事，老衲不得不將話題引開。

桐九眼睛一亮，接話道：「是嗎？我倒沒想過。」

老衲站起身來，又一把拉起桐九，聊拳談拳練拳研究拳，永遠是練武人逃避現實的最佳辦法，老頑童說的，人生漫漫長夜，不研究武功要做甚麼呢？

老衲依式講來，一面比劃一面說道：「桐九妳看，生生功開頭的活肩活胯活腰三大活法，正是把手腿身三個部位練到軟如棉絮的功法，而爺爺當年在上海練的拳，正巧叫做綿拳！」

桐九失笑，想了想，又搖搖頭否認，說道：「不對。很多拳法都有專門練鬆練軟的方法，如果要照你這麼說，那麼台灣本土隨處可見的福建鶴拳，他們天天甩水肢，那不是也跟我們這一支生生功同支？不通、不通。」

老衲皺眉，說道：「但……俺上次在圖書館裏找到資料，這綿拳真的與朱四爺爺的生生功配太極拳十分雷同；四爺爺不是說了嗎？他的太極拳除了陳楊兩大架之外，便是推手八法與十三訣，那綿拳也是如此。」

俺從書包裏翻出一張手抄稿，指著上頭的資料給桐九看。

「這是俺從圖書館裏找到的資料，他們不准俺借出來，俺只好一個字一個字抄下來給妳看。」

彼時複印費不便宜，老衲在圖書館裏見到甚麼珍貴文件，一律紙筆抄下，俺當年抄書極快，中指架筆處練出厚繭，可以右手小臂位置不動，手腕輕顫下筆如縫紉針織，而左手似縫紉機推布般推紙，一行一行，刷刷刷刷地用草書簡寫速記在稿紙上，一個小時抄個萬把字閒閒地，堪稱絕技。

只可惜複印機普及複印降價以後，老衲此項絕技已無英雄用武之地，徒留一手鬼畫符的硬筆書法自娛自樂而已。

扯遠了，那張給桐九看的手抄稿紙上，是老衲從圖書館裏查到大名鼎鼎的平江不肖生先生練太極拳的自述經歷。

「妳看，平江不肖生也說這種綿拳可能與古太極有關，說這種綿拳一共有八大架式十三路拳，」老衲興奮的說：「這與太極……」

桐九依舊是否定地搖頭，她說：「老衲，你這是囿於門派之見了。其實無論是甚麼拳術都是大同小異；外家拳分遠中近與踢打摔拿各種打法，如果是內家拳，那只要你可以上下左右前後六面力混合起來掌握，就已經進入核心。」

老衲皺眉：「甚麼意思？」俺當年學武，蠢笨得很，許多道理朱四爺爺一教桐九她便已悟通，還能舉一反三，反而是老衲在一旁聽得似懂非懂，更常常如墮五里霧中。

桐九讓老衲跟她推手，桐九原來剃短髮時俺並不覺得怎麼樣，可是桐九一個多月沒回家，頭髮自然留長，雖未及肩，卻已頗有女人味，老衲再與她搭起手來，總覺得哪裏怪怪的。

桐九卻不覺有異，一邊與老衲划圈推手，一邊說：「內家拳的東西是摔打合一，一打即摔，一碰即彈，不同於切開踢打與摔拿的分拆式用法，所以外在的招法動作小，主要還是靠內在的氣機變化。」

老衲雖與桐九同門學藝，可是她比老衲練的勤快得多，功夫自然更加深入，老衲被她一搭一發，人便被掛在牆上；好險桐九沒有故意向上打去，否則地下室裏天花板高度不高，俺肯定要直撞天靈蓋也。

桐九將老衲發出之後，問老衲道：「怎麼樣？有沒有感覺我發你出去的勁道，有甚麼不同？」

老衲沉思，又舉手跟桐九說：「俺蠢，妳再給俺來一下。」

桐九與老衲搭上手，轉了兩圈，一個翻肘貼靠，俺退身側閃不及，她用一個外胯鯉魚打挺又把老衲發了出去。

這次老衲聽她的勁就聽明白了。

「其實妳的勁就是上下左右前後，然後像玄鐵令上說的，意欲向前，忽爾向左，意欲向左，忽爾向下，六個方向變換極迅，令俺躲避不及而已。」老衲整理了一下想法，結合金庸先生的《倚天屠龍記》中的敘述，緩緩說出。

桐九點點頭，說：「對的，其實內家拳不過如此，就是朱四爺爺說的生生功裏頭的骨中三顫，顫翅顫脊顫肢，上下左右前後；鶴拳口訣裏的吞吐浮沉也是這樣，吞是向後吐是向前浮是向上沉是向下，重點是不能單用一勁，而是要吞吐浮沉四訣齊用。」她眼珠一轉，睫毛顫動，道：「練內家拳抓的是核心，至於從甚麼門走進去都是末節，千拳歸一路，你說這些拳都有關係也好，都沒關係也可以，那些都不是重點。」

桐九當年才與朱四爺爺學兩年多，可她學武天賦極高，那時就已與老衲講出這番道理來，堪稱天才武術家；後來很多年後，一直到老衲練了回族的心意六合拳之後，俺才真正想明白桐九說的那番話到底是甚麼意思。

當然，俺想明白之後又有許多自個的意見，卻是後話。

「拳說完了。」桐九的聲音將老衲的思緒拉回現實，她說：「老衲，我已經給你很久的時間思考；你到底要不要把慕容前輩在英國的地址給黃安？去換我媽媽爸爸的情報？」桐九一口氣說完，瞪著老衲，在等老衲的答案。

俺深吸了一口氣，說道：「俺不能給黃安師兄地址，不過俺會親自帶黃安師兄去，多買幾張機票火車票多繞幾圈路，讓黃安師兄沒辦法預先安排人手幫忙……不過，如果他見到慕容前輩以後要對他老人家不利，俺……拚死擋著，也就是了。」老衲頓了頓，又說道：「等考完一個月後的聯考俺就帶他去，希望他不要食言，給妳情報，讓妳可以見到爸爸與媽媽。」

這件事老衲已經在心中反覆交戰許久，要給？不給？可是最後看到桐九那張牽掛著媽媽的照片，再也無法堅持立場，說出了當時俺以為的折衷方案。

桐九聽完，大叫一聲，撲上來抱著老衲，哭了出來，說：「謝謝你、謝謝你……」

老衲拍了拍桐九的背，正要出言安慰，忽然從地下室下來的樓梯間處傳出桔梗的聲音：「老衲！桐九！你們在嗎？我找人搬來一扇鐵門，我們一起來釘在樓梯上，這樣……」

桔梗從樓梯下來，鑽進地下室，眼神直直與被桐九抱著的老衲對上。

# Chapter. 33

「老衲，你答應我一件事。」桔梗忽然說道。

那時老衲正教桔梗數學，教到雙曲線方程式一章，還正在思考要用甚麼方式來講給桔梗聽，才比較好讓她了解。

那時桔梗準備考國內大學的藝術相關科系，而考藝術科系的這一條路子在台灣向來分為兩門準備：一路術科，那便是要考國畫水彩油畫素描等（技）術科目；還有一路學科考試，那便是中英文與數學歷史地理三民主義等等科目。

桔梗自小畫功便強，考油墨水彩素描等等不費吹灰之力；而學科方面的中英文歷史地理三民主義，都是博聞強記上的功夫，以桔梗的聰穎當然也不是問題。

唯獨一科數學，桔梗高中三年的分數都在個位數上下徘徊，無論如何也掙扎不上去，那時將近大專聯考，她只有向老衲求助。

那時距離聯考只剩一個月，老衲每日還要去醫院看顧奶奶，自己的讀書時間已經不多；可是桔梗開口，俺又豈好意思拒絕，長嘆一口氣，牙一咬便說：「好吧妳將妳高中三年數學筆記給俺，俺來重新教妳數學。」

桔梗歡呼一聲，她知道，老衲一出手，她的數學肯定有救，好比周郎借得東風便，藝術科系的第一志願便如探囊取物，不在話下。

老衲借來桔梗三年數學筆記，花了兩個通宵將筆記們徹讀一遍，在天光大亮之時，心中已有分曉，知道如何將溺在數學大海中的桔梗撈起。

這裏頭是有學問的，當年桔梗也曾經問過老衲道：「教數學便教數學，為什麼你還要先拿我的數學筆記看過一遍，才能教我？」

老衲道：「世間任何一門學問都是這樣，思考架構比知識重要。思考架構好比是骨頭，而知識好比是掛在骨頭上的肌肉；如果骨頭歪了，那麼肌肉再怎麼樣也會扭曲擠壓而不得正軌。數學這門學問來來去去不外如是，可是妳們班的數學老師教了妳三年，妳仍舊不得要領，可見不是知識不懂，而是妳的思考架構不對。」

俺進一步解說：「之所以要拿妳三年的數學筆記來看，就是為了要先理清妳們數學老師教的與妳吸收的方式，究竟有甚麼問題，重新理順了妳的思考架構，再重新教妳那些幾元幾元方程式的，才會如熱刀切牛油，一通百通。」

桔梗輕笑兩句，說：「老衲你真是甚麼事情都有你的歪理。」

噫，當年桔梗說老衲是歪理，不過後來俺讀經濟學大師張五常（Steven N. S. Cheung）回憶錄，說他聽名師赫舒拉法（Jack Hirshleifer）的課，明明已經反覆聽過五六遍了，赫師一開課，張五常還是乖乖坐在台下聽講。

赫師有天實在不耐煩，問張五常道：「Steven！（張五常的英文名）你重複又重複聽我的課，難道我的經濟學你還沒學會嗎？」

張五常不慌不忙回道：「老師，我聽你的課可不是要學你的經濟學，而是要學你的思考方法！」

老衲看到這一段書時，大叫一聲，恨不得引五常先生為知己；這思考方式優於知識本體的道理，在俺高中教桔梗數學時，便已經想通。

老衲那時教桔梗雙曲線，便先從她的數學筆記中回想，原來她是從方程式的那一堆數字裏去認識雙曲線的圖型，那當然很難理解；老衲便從拋物線的道理反推回雙曲線給她講，從直線受力反彎成曲線，再從無限分割曲線上的切線便為直線的道理給她講明白，讓她從圖型上先去接受，再回推到數字與代數的公式上去熟記。

「在空間中的一條直線，若受力便會彎成曲線；而這個受力彎成曲線的過程，從代數上觀測，便會讓X、Y等變數倒裝，而從分子翻到分母的位置——這樣妳聽懂了嗎？」

桔梗搖搖頭，說：「老衲，你答應我。」

「這件事推到物理上也是這樣的，妳看如果我們將筆拋出，那麼它在空中便會成一條……」

「老衲！」桔梗猛然將筆一摔，捏著老衲的雙肩搖晃，「老衲，你答應我！」

「甚麼？」

「老衲，答應我，不要再管桐九的事情。」桔梗道：「我們一開始認識桐九的時候，並不知道她家這麼複雜，更不要說還有那黃安的事情；現在聯考在即，你專心唸書就好，不要再去管桐九了。」

老衲嘆了一口氣，說：「桔梗妳不能那麼自私，我與桐九不但是好同學，還是一起練武的師兄弟；更不要說我三年前離家出走以後，一直是靠桐九奶奶的關係才有這個棲身之所。」

桔梗哼了一聲：「師兄弟？師兄妹吧？套一句你最愛引用的金庸：那不正是令狐沖與岳靈珊的交情？哪還有外人講的？」

「阿彌陀佛」老衲雙手合十，誠懇說道：「金庸老爺子的故事中，俺最討厭的便是令狐沖，妳怎麼好拿那令狐混蛋與俺相提並論？俺與桐九的關係，可不是令狐沖與岳靈珊的關係，而是胡斐與程靈素的關係才是，清清白白，絕無雜念。」

俺站起身來踢了踢腿，鬆鬆身子，又說：「現在桐九有難題，奶奶也還在醫院裏，我就這麼自顧自地準備聯考，即使考上好學校，我心底又怎麼過得去？」

「桐九的問題，你交給桐九自己解決就好；你給她慕容前輩在英國的地址電話，由她自己去跟那黃安交涉去。」桔梗抿著嘴，「至於李奶奶，現在在醫院裏你也請了看護照看，應該不需要每天都還要去探望吧？」

「桔梗，俺還是那句話，妳不能那麼自私……妳數學不好，又想考第一志願，俺不是也放下自己的功課來教妳數學了嗎？妳自己算算看，離聯考只剩幾天了？這個時間俺也大可以自個唸自個的書！但如果俺不管妳，妳又會怎麼想呢？」

「老衲！」桔梗臉色一下煞白，道：「你覺得桐九在你心中，跟我是一樣的，是嗎？」

老衲見桔梗動了真怒，連忙手去拉她，連連道歉，說道：俺真不是那個意思真不是那個意思……沒想到桔梗一甩手，大叫一聲：「別碰我！」

「有一件事我一直想問你，老衲……你要講，就在今天給我講清楚。」桔梗瞪著老衲，「你跟桐九，是不是背著我，已經在計畫兩個人一起出國？」

老衲嘆了一口長氣，只好說道：「是，七月一號、二號考試。俺與桐九訂了三號凌晨的飛機去英國。」

「你最好說清楚這件事，不然，我們之間就結束了。」桔梗的眼神冰寒如雪。

老衲從沒見過桔梗如此堅決，只好將計畫吐露：「其實那天在地下室俺就已經答應桐九，要陪她一起找黃安師兄去英國，追尋慕容前輩的下落。」

「結果俺怎麼樣也聯絡不到黃安師兄，最後只好找俺爺爺在警備總部的好朋友趙老爺子打聽，這才知道，原來他們也失去了黃安師兄的消息。」

桔梗冷笑：「好啊，你們自己跑來跑去的，都沒通知我，真好，真好。」

「趙老爺子說，他們局子裏的人猜想，黃安師兄應該是被外國特務機構給抓走的，上面不讓查，說用屁眼想也知道是哪一國的人抓他去的……出事地點在一家西門町的戲院裏，另一組人去收拾以後回來說的，還有兩個白人與一個東南亞人死在裏頭……趙老爺子說，他就知道這麼多。」

桔梗聽到死了人，臉色微變，擔憂神色在臉上一閃而過；老衲在心底喊聲好險，桔梗畢竟還是關心俺的。

「或許……那個黃安已經死了，只是……還沒找到？」桔梗低聲。

「或許吧！」老衲道：「不過更可能的是甚麼，妳知道嗎？」

「是甚麼？」

老衲吸了口氣道：「更可能的是，慕容前輩到了英國以後還是脫離不開特務機構的掌握，更可能的是，他老人家還迫於種種把柄的原因，不得不繼續幫西方的特務機構賣命。」俺無奈地又說：「慕容前輩當時走的時候說，他這輩子最想脫離的就是這種賣命賣情報的生活，希望此去，可以就此隱姓埋名，做回一個平平凡凡的小老百姓，在英倫鄉下牧牛養羊摘水果，終此一生。」

「但是，可能嗎？俺現在回想他的太太畢嫂，畢嫂的口音根本不像是一個道地的香港人，香港道地的口音不是那樣的……嚴格來說，畢嫂更像是一個……中國來的……卻努力學習與裝扮自己是一個香港人，妳不覺得，這件事很奇怪嗎？」

「再說那時幫慕容前輩辦移民的奧德菲爾爵士，他的姓氏……俺先前進警總裏資料室查，才發現軍情六處有一任處長，跟他的姓氏一模一樣……這難道也是巧合？」

「特務機構向來無所不用其極，現在又是美蘇兩大國爭霸的特殊時期……俺不免擔心，慕容前輩是不是……到了西方，卻還是得為他們服務……再加上黃安師兄忽然被外國特務機構給擄走，這……很難說這一切都是巧合。」

桔梗此時已恢復冷靜，深呼吸了幾口氣，才緩緩說道：「老衲你的意思是說，那個黃安，可能是被慕容前輩的手下擄走的？」

老衲搖搖頭，道：「不曉得，只是俺覺得這其中冥冥之中，似乎有些關聯性。」

「所以，你要帶桐九去找慕容前輩問清楚？他老人家離開時，不是千交代萬交代，叫你不要去找他嗎？」

「桐九瘋狂地想知道她媽媽與她爸爸的下落，這件事俺問過趙老爺子了，他們全然不知情，那肯定是黃安師兄私下找到的情報。現在黃安師兄消失了，唯一的可能性就是找到慕容前輩，問他，他知道不知道他的兒子正在找他。」老衲偷偷牽起桔梗的手，說：「桔梗，咱們倆都是父母雙全仍然健在的孩子，真的很難體會桐九、黃安師兄他們的心情；如果今天換做是妳，會不會希望有人幫妳一把，找到妳的親生父母呢？」

老衲說完，又舉手發誓，說道：「不過桔梗妳放心，俺老衲雖然陪桐九去英國找慕容前輩問清楚，不過旅行中肯定會清清白白，決不踰矩，就如同袁承志陪睡阿九公主般，在兩人之中放一把鋒利絕倫的金蛇寶劍，否則的話，天打雷劈，叫俺的武功就連小貓小狗也打不過……」

桔梗嗤地一聲，終於給老衲的無厘頭給逗笑一瞬，她瞪了老衲一眼，罵道：「胡說九道，台灣島上無人能出你右。」緩了一會，又問道：「你決定要去找慕容前輩，是不是先打個電話給他老人家？」

「連打三天，放著響了二三十分鐘，完全無人接聽。」老衲神色黯然，心思已飛到英倫三島，真不知道慕容前輩他……後來到底怎麼樣了？

「既然如此，老衲你先告訴我慕容前輩的地址，萬一你們去了以後出事，我也好知道要去哪裏收你的屍。」桔梗的話雖然刻薄，但神色間只帶著輕嗔薄怒，俺心底叫一聲好，這趟肯定是又混過去了。

「慕容前輩沒告訴俺住所，只說了一個聯絡地址，說有事，可以到那裏找他。」老衲雙手一攤，表示真受不了這種神神秘秘的作派。

桔梗好奇：「是甚麼地址？說來聽聽。」

「貝克街二二一號B室。」老衲道：「慕容前輩那時說，真有事情，可以到這個地方去聯絡他。」

# 刀法——「黃安師兄的刀法」

老衲最近收了不少小徒弟，抖擻精神，要好好整理畢生所學教給小朋友們；這幾天忽然想到以前黃安師兄說的用刀法，整理一下，可以一說。

黃安師兄當年說：他的隨身短刀是坤沙送的，不過讓他真正懂得刀法的，卻是來自於警備總部還是調查局裏的訓練體系；這個訓練體系很有意思，據說是當年一位青幫的刀客所傳下來的，分為長刀法與短刀法，不過後來調查局或警備總部的探員大多只研究短刀法，長刀法便失傳了。

黃安師兄講的這個青幫刀客傳下的短刀法有很意思，沒有具體姿勢，也沒有一招一式甚或是套路練習，只是分為七大種訓練方法，叫做是「盤刀」、「藏刀」、「獻刀」、「脫刀」、「黏刀」、「聽刀」與「拿刀」。以上七種是大項，而每個大項都有若干小項的訓練方式，總合為同一訓練目的。

說說藏刀吧！當年黃安師兄跟老衲說：要會用刀，必得先會藏刀；藏刀甚麼意思呢？不是將刀器藏在暗處或懷裏，而是要將「刀氣」藏在人體之中，不顯於外——說實在話，老衲當年聽這個解釋不是很理解，後來又遇到一個旁證，才有初步體會。

這個「藏刀」的含意一直到老衲後來遇上了移花宮主，也就是教老衲心意六合拳的師父，才有了一點體會。俺師移花宮主年輕時是打架專業戶，天天打架，因此常常跟老衲吹牛他年輕時的豐功偉業。老衲有一次問他：「師父，你打架打這麼多，有沒有遇上對手拿刀的？」

「當然有！當年兄弟多，都看著你，你不打也得硬著頭皮打。」

老衲一聽，來了興趣，又續問道：「這就是傳說中的『空手入白刃』了？原來這是真的可以做到的？」

俺師搖搖頭，說道：「這我不敢說，只能說當年運氣好，不能說明我功夫好。空手遇到刀客要能拿下來，這是很難很難的事情，最好還是找傢伙拚，才是正道。」他頓了一頓，又說：「不過呢，有一個分野你可以記在心中。若你看到拿刀的對手他的注意力都在他的刀上，而忘了他身體的其他部位；遇上這種對手可以硬著頭皮拼命試試。但若是他的刀拿在手上……卻好像手上沒有拿東西、或者是拿著一根筷子一根湯匙的那種感覺的人……那就不要打了，趕緊逃吧。」

俺師的這段話，老衲想了很久；最近想要來整理短刀教程的時候才忽然領悟，原來這就是當年青幫刀客體系中的「藏刀」訓練法所要訓練的目的。蓋真正開鋒的短刃只要一拿在手中，並且想要刺人剁人的時候；那個「刀氣」是掩蓋不住的。而老練的打架能手大多第六感異於常人敏銳，所以可以在刀真正刺過來時預判一兩步感應到它（刀氣），儘管很難，可是還是有一線生機可以躲得開。

而青幫刀客的「藏刀」練法，其目的就是要將這種鋒利的刀氣給「藏」起來，不使對手提前感應到而避了開去；所以黃安師兄說，會藏刀才能真正「用刀」，使刀如使手指手臂，手上的刀好似身體的一部分，不會提前刺激對手使對手感應到它——當然啦，這可能是他們那種特殊機構的用刀邏輯；而與一般江湖上打打殺殺、正面對決的刀手的用刀觀念不同。老衲寫在此處，只是給自個做個紀錄備存；是說歷史上曾有這麼一種練刀體系與邏輯觀念，不是真的說要用刀一定要如此的意思。

扯遠了。

除了藏刀練法之外，還有盤刀獻刀黏刀脫刀拿刀聽刀等等；可是要練刀，必得先要有刀。老衲前幾個月在國外網站買了幾把擬真的塑料短刀想來練練，還約竹漆與高永齡一起團購。前幾日刀終於到了，老衲拿到班上給他們玩；高雄小子看到，也好奇拿在手中玩玩。老衲向來喜歡逗小朋友玩，雖然自個兒的刀還練得不熟，但還是招招手讓他一起來跟老衲過過刀。

高雄小子陪老衲過了幾招刀法，也豎起大拇指，說衲師父的刀法異於外頭常見的刀法，很有意思。老衲哈哈大笑，說：「俺會的絕活只要你乖乖來練，通通可以教你。外頭很多人說老衲是鍵盤武術家、是腦內格鬥家，由得他們去說吧！當年沈醉都說杜心五是騙子，一點不懂武功。俺老衲算是哪根蔥？當一個傳授知識邊教邊練的武術運動教練，早已心滿意足；哪管得了別人怎麼說呢！」

# 勝負——「人生的勝負自己認定」

老衲常說，「人生的勝負自己認定」，因為人生的好壞是可以由你的主觀決定的，並不是一個客觀事實。

就好比大作家李敖在大學時期常常是一襲長袍四季不換，別人認為李敖窮，可是李敖很得意那是他的個人特色，驕傲不已，還大肆吹噓。

「客觀事實」是穿著一襲長袍，但「主觀認定」可以是好也可以是壞。

人生就像演電影，無論你是乞丐還是富豪，是男是女是貴是賤，都能演出一齣精采的戲，端看你如何表現。

不要去在乎別人的論斷，因為他們不是你；也不要去過度崇拜或者是過度輕蔑任何人，因為你不是他們。

不要崇拜老師，因為老師只是輔助你變得更好的配角，你是哈利波特，老師只不過是鄧不利多；也不要輕蔑對手，因為沒有對手，你的人生無法激發出更多潛力，沒有佛地魔，整間魔法學院風平浪靜，哪裏還有葛來分多加十分、加二十分、三十分的機會？

你的電影由你自己主演，你最重要，其餘都是配角。

做好自己的功課過好自己的生活，最重要。

整天抱著老師與祖宗拜的人沒有獨立人格，整天恨著對手與絆腳石的人沒有自由的人生。

願每個人都成為自己的電影裏那位最精彩的主角。

老衲合十。

# 咒念——「轉生與咒力」

老衲前幾天跟幾個好友去吃飯，一進餐廳，居然發現故友咒術師也在該餐廳裏餐敘，俺向來是喜歡熱鬧的，連忙上前大喊併桌併桌，硬拉著咒術師過來一起吃，咒術師言語犀利而生動，逗著滿桌如沐春風，笑聲不絕。

這本來是一件極平常的事情，不過老衲那天與咒術師聊的一些內容很有意思，值得一記，與大夥分享。

這咒術師是個奇人，東西方玄學體系學了個七七八八，幾乎是都拜師學遍了，從易經到塔羅牌，從道家法術到盧恩符文，幾乎沒有他不瞭解的；老衲一生遇劫無數，有的稀哩糊塗就過去了，有的呼天搶地也闖不過去，咒術師曾給過老衲三個小法術渡過三次劫難，每次都是應驗如神，讓老衲不得不佩服他的玄學功力。

有次老衲忍不住問咒術師道，為什麼那些廟裏做的法術或給的法術都不靈驗，可是你給俺的法術卻這麼有功效？咒術師笑答道：「去藥房買成方來吃，或者是醫師按你的狀況配方給你個人吃，這兩者之間天差地別，當然不一樣。」

老衲當時高喊拜服，為表崇敬，從此叫他咒術師而不名。

說回前兩天的有趣飯局，老衲問咒術師：「你怎麼看轉生這回事？是有？還是沒有？」

「轉生當然是有的，只是或許與一般人想像的不一樣。」

老衲皺眉：「有何差別？說來聽聽。」

「人是多股意識體綜合而成，道家叫做三魂七魄，轉世投胎的時候不可能三魂與七魄都跟著一起轉，常常是分別散去的，所以轉生後的你，也未必是完整的你。」咒術師頓了一頓，又說：「而且轉生不是單向道，因為靈體在不受肉體束縛以後，在多維空間裏是不受時間禁錮的，所以轉生不但可以像未來投胎，甚至有可能往過去投胎。」

老衲一聽此話，忍不住笑罵道：「胡說八道，何以證明？」

咒術師一本正經地說：「我最近正好在實驗這個法則，有些體會很有趣的，講給衲師您聽。」

「我最近在想，所謂的咒人『永世不得超生』、又或者是『生男代代為奴生女世世為娼』是甚麼意思？以我的功力，咒人打個噴嚏或者是諸事不順掉個錢包都是可以的，但是要將此咒力讓對方的靈體帶著，甚至跟著它轉生到下一世，那要怎麼做呢？」

「我翻遍古代咒術大師的秘卷，後來終於摸索出一種方法，就是一下咒它三魂七魄是鎖不住它的，不過倘若是分離出來，那會比較簡單些，也許是一魂，或者是一魄，將其困住，然後讓它帶著咒力轉生，這樣應該是可以做到的。」

「於是想通了原則，便開始動手實驗；直接咒人有損陰德，所以我先從蟲蟻下手，再來是五毒蜈蚣小蛇蛤蟆之類，終於被我摸索出來，的確是可以先鎖住它部分靈體——稱這個部分靈體三魂或七魄都無所謂——然後讓這個部分靈體帶著咒力轉生。」

老衲聽到此處忍不住大聲鼓掌叫好：「有道理、有道理，你真是天才咒術師！拿生命週期比較短的靈體實驗，就可以避開實驗時間太長的問題了，愛因斯坦的相對論說，如果一個靈體生活在能量越高越接近光速的地方，那麼它的時間便會越慢，所以都說『天上一天人間十年』，因為天外天是以相對地球來說更接近光速在行進的，所以天外天的神仙們感覺只過了一天，在俺的地球上，卻可能已經過了十年！」

咒術師也忍不住苦笑讚嘆：「能夠如此胡扯相對論的，滿江湖也只有一個衲師傅而已。」

老衲眼睛一瞪，道：「嘿！這可不是老衲亂說，真是這樣的，所以古籍總道修仙要從人修，因為地球的速度相對較慢，所以地球上的時間相對較快，天外天的神仙修一輩子的時間，足夠地上的人修好幾十、幾百輩子了；又或者反過來說，或許地上的人就是要在地上修，等修到一定程度，才能往能量較高速度較快的維度空間生活。」俺頓了頓，喝了口奶昔又道：「再反過來說，從空間與維度來看，或許咱們修到人體都已經是不容易了，都是從蟲蟻走獸那些時間過得更快的低階靈體一路修過來的呢！」

咒術師鼓掌：「衲師說的總是對的，再加上衲師傅武功凌厲絕倫，說的即便是錯的，也沒人敢說是錯的。」

老衲大笑：「你別老是瞎捧老衲，剛剛正說的實驗結果你才說到一半，接著給俺說說？你對蟲蟻五毒實驗下咒，禁錮牠們的部分靈體之後，有甚麼特異的發現？」

「我一開始對蟲蟻下咒，可是蟲蟻的靈體太過薄弱，感應起來頗費力氣，有沒有成功真是拿不準；後來我在陽明山上抓了一條毒蛇，養在罐子裏，催動咒術，活生生咒死了牠，沒想到……」

「沒想到怎麼樣？」老衲急問。

咒術師苦笑：「我在對那隻毒蛇下咒的時候，附帶了我個人的意識訊息，以便在牠轉生後可以辨別出來，沒想到在牠往生的那一刻，我想起了我已經往生的表叔。」

「表叔?!」餐桌上的眾人也都異口同聲驚呼。

「是的，表叔。我從小便感覺到我表叔不知怎麼總是對我懷有巨大惡意，看我怎麼都不順眼，沒事就痛打惡整我……以前我不知道他身上那種讓我不舒服的惡意究竟是甚麼……但是在那隻毒蛇給我咒死的當下，我忽然領悟了，那隻毒蛇，轉生變成了我的表叔……那個意識，便是我自己下的咒，又回到我身上了。」

「只是這樣的轉生，是往過去，不是往未來。」老衲喃喃說道。

眾人聽咒術師說完實驗，七嘴八舌都討論了起來，一人說諾蘭導演的《星際效應》也是這樣演的，一人又問達賴喇嘛的轉生到底是真是假，一時間餐廳亂成一片，鬧哄哄得好不開心。

老衲一時靈光一閃，大喝一聲又問道：「咒術師！俺忽然想到咱們老家的一個家族秘史，今天聽你這麼一說……這恐怕……恐怕也是被下咒了！」

「俺老家……一直有一個古怪的傳統，從俺爺爺的爺爺那輩開始，頭胎必定生男，而二胎也必定是一個男子；只是……只是那頭胎的男子，總是活不過十六而夭折……」

老衲扳指算來，數道：「俺爺爺的爺爺的哥哥，是十五歲上下夭折的；俺爺爺的爹爹的哥哥，是十二歲夭折的；俺爺爺的哥哥，是七歲夭折……這傳統一直到了俺老爹的哥哥，據說俺大伯單名一個鶴字，叫老鶴，兩歲上下得了德國痲疹，高燒不退，俺爺爺在北平找到李宗仁，拍他的門，李將軍借了他二兩黃金買西藥，可終究還是救不回來……」

眾人也都是一陣感嘆，老衲又說：「這故事是俺聽俺家爺爺講的，真實不虛，俺爺說他那長子老鶴葬在北平郊外一座墓園裏，那時戰亂來不及找石匠刻姓名，只有他隨意找了塊石頭壓在上頭，以手拿鑿硬刻了五個大字，叫『一鶴冲天去』，表達他對長子的懷念與思念。」

「俺爺爺一輩子都想回到北平，現在叫北京的那塊地方，去再重新刻好他長子的墓碑，可是……可是再也沒有這個機會了。」

老衲講到此處，連一向鐵石心腸的咒術師也唏噓，敬了老衲一杯奶昔，又說道：「衲師的爺爺也是厲害人物啊！居然找得到李宗仁借錢？厲害、厲害！」

老衲哈哈大笑：「俺爺爺單名一個爺字，不管誰見他都得喊他一聲『老爺』，老爺子當年棋力在軍中是有名的，他說廣西三杰都找他下過棋；不過老爺下棋要彩頭，你沒跟他賭一個彩頭，他老爺也沒勁跟你下，脾氣古怪之至，與老衲是一個樣子的。」

咒術師又旁敲側擊地問：「衲師傅說完了您老家這一脈下來的故事，那……那麼到您這一輩，又是如何？」

「到俺這輩，俺老娘只在俺前頭懷了一個葡萄胎，還未出腹便已死絕，似乎……似乎這傳統越來越削減了。」老衲若有所思地說。

咒術師點頭：「應該是的，咒力雖然能夠伴隨著轉生，可意識終究是意識，若沒有新的能量補充，隨著時間慢慢消逝，那是應有之數，不足為奇。」

老衲嘿的一聲，說：「不過若按照你前頭的下咒轉生實驗，可知世間一切因果，冥冥之中自有定數，非人力可以強求改變，老家被下咒也好，沒被下咒也罷，重點還是得要自個兒想得開，這才是活著最重要的事。」

咒術師若有所思：「其實……如果能有一些東西留下來……或許可以從東西上頭去追尋那咒力意識的源頭……就可以知道是……」

老衲一揮手，打斷他的話頭，才將杯中奶昔一口喝盡。

「那些都不重要，重要的是現在俺活著，喝一杯奶昔就開心得不得了，這才重要。」

# Chapter. 34

十幾個小時的飛行，終於到了倫敦。

老衲與桐九從機場下來，搭巴士轉地鐵，又從地鐵轉火車，轉得七葷八素，最後終於到了王十字車站下車。

那個時候倫敦機場才剛剛設置了全英國第一台電動步道，那也是老衲第一次坐電動步道，感覺超古怪的，就像是把一個一個人當作是行李一樣，從這頭平行移動到另外一頭，省了幾步路，不過完全不知道意義在哪。

更令人印象深刻的是那時候倫敦的地鐵裏頭是可以抽菸的，各色人種抽著不同的煙，尤其是土耳其人最沒水準，連菸頭也不捻熄，就扔在地上放著讓它燒完，將整個地鐵燻得煙霧瀰漫，老衲忍不住低聲抱怨，他奶奶的，原來神探福爾摩斯住在這樣的地方？天啊！幻想完全破滅，這地界是完全沒有一點點的公德心的地方，那二手煙霧直嗆得不抽菸的老衲眼淚與鼻涕直流，望出去都是霧茫茫一片，「London Fog，俺終於知道霧都倫敦的這個稱號是怎麼來的。」俺攤了攤手，忍不住向一旁的桐九抱怨。

可是桐九整個旅程中都沒有跟老衲說一句話，只是用她那金黃色的眼珠看著窗外。

經過一連串的轉車，大概又花了兩個多小時，老衲與桐九終於抵達王十字車站。

老衲那個時候還不知道倫敦的王十字車站裏頭，在介於第十月台與第九月台中間有一個神秘的異次元入口，之所以會來王十字車站，完全只是因為旅行社幫忙代訂的旅館，在王十字車站附近而已。

「王十字車站出來右轉，直直地走，然後你會發現左邊有一個半月形的公園，旅館就在那裏。」旅行社的專員是這麼解釋的，關於那家旅館的所在地。

老衲搔了搔頭，將手上在機場買來的倫敦地圖轉來轉去看了又看，還是有點不確定那家旅館到底在哪？不過……「半月形公園！」俺指了指地圖上的一塊半圓綠地，興奮地扭頭跟桐九說：「俺覺得就在這裏！半月形公園……應該……suspose be here, right？」

桐九依舊是那付心不在焉的樣子，只努了努嘴，意思是我們走吧。

那個時候的倫敦王十字車站附近，還沒有像現在一樣有那麼多摩天兼摩登大樓，樓房大多是維多利亞時代留下的哥德式老建築；不過那一點也不符合俺的藝術品味，總覺得這片城市布滿了工業革命後的銅臭味與煙囪廢棄味道，那些自以為古老的玻璃、鐵片，尖型拱門與陡峭屋頂的工業風公寓，像極了一個一個針頭工廠裏的工頭與工人住的集中營。

王十字區一帶人流十分擁擠，路也很亂，不過老衲是認路天才，只要有一張地圖與一個指南針在手，俺是永遠不會認錯路的，很快便與桐九到了下榻的旅館。

藉著八歲起開始看的福爾摩斯原文小說中學來的英文，再輔助了相當程度的比手畫腳，還有一點點的眼神溝通，那旅館的櫃檯終於讓老衲與桐九入住，那間房是很一間很小間的半土庫房，只有一片小窗開在路邊的草地上，不過可貴的是，房間小雖小，但居然有可以做飯的瓦斯爐廚台，那代表俺與桐九在倫敦的時候可以自己買菜回來做，不必天天吃外頭貴死人的餐廳。

那旅館的櫃檯小姐一甩她那把迷人的金髮，然後用那矯情的英語腔說：「This is our best room, please enjoy.」（這是我們這裏最棒的房間，請盡情享受。）

老衲將行李一扔，整個人跳進單人床上呈大字型躺著，又忍不住罵道：「Ugly and unaesthetic.」

「Ugly……what？那個櫃檯小姐長得那麼漂亮，你還說她醜？」桐九將她的行李放在靠近她的單人床的地方，然後在床頭坐了下來，回道：「老衲你的標準也太嚴格了吧？」

「我說的是這整座城市——Ugly and unaesthetic——又醜又缺乏美感；不過，那櫃檯小姐的確在俺心中也算不得什麼美女就是了。」老衲躺在床上，斜眼看著桐九，說：「嘿！妳終於回我話了，可以說了嗎？為什麼從坐上飛機開始，一直到現在妳才願意跟我說話？」

桐九臉色一紅，說：「出發前我不好意思跟你說是不是要訂兩間房……後來聽到你說定了一間房……我在想……」她拍了拍她的床，「原來是一間有兩張單人床的房間，我……」

「Oh, my Jesus!」老衲抱頭大叫：「抱歉，一到了英國，俺就忍不住與精通多種語言的衛斯理一樣，自動切換英語聲道，抱歉。」

老衲坐起身來，盤腿，才沒好氣對桐九說：「原來一路上妳都在擔心這個？我跟妳睡同一張床？拜託，俺才不是那種人好嗎？」

桐九揮了揮手道：「好啦，談正事，我們今天把東西放好，去超市買點吃的，明天一早就去貝克街二二一號找慕容前輩嗎？」

「沒想到這個地址騙得過桔梗，也騙得過妳啊？」老衲不禁失笑：「這個地址是假的，貝克街二二一號，那是英國神探福爾摩斯的住處，記載在華生醫師的筆記中。慕容前輩會住那裏？與福爾摩斯同居？不，我不覺得他會做這種事。」

「你騙了桔梗？那真正的地址是甚麼？」

「這裏，但是這個地址，我們不能去。」老衲攤開倫敦地圖，指了指蘭貝斯區的一條街上，「據俺蒐集的情報，那個地方……那個地方……很可能是英國情報機構的地址。」

老衲攤手：「我們不可能大搖大擺去敲門，say Hello，然後請他們的房門或者是櫃檯幫我們找一個人……在那之前，絕對會被他們機構的警衛轟出來……搞得不好，也許可能被直接被遣送回國——記得嗎？當初過海關的時候，我們在報關單上填寫的原因是『旅遊』，可不是跑去大英帝國的情報機構要他們幫我們找人。」

桐九臉上掩不住詫異與失望，說道：「你是說，你被慕容前輩騙了？他拿一個假地址給你？」

「有可能。但，也有另外一種可能；」老衲道：「慕容前輩他老人家或許在暗示俺，他被英國情報機構吸收，或者是掌握。」

桐九道：「所以……我們這次來，是不可能找得到慕容前輩的。」

老衲搖頭：「非也非也，本山人自有妙計。」

「甚麼妙計？」

「我們從明天開始，每天去那機構對面的酒吧坐著喝酒，然後監視著那機構的大門，或許，或許會引起他們注意，」老衲進一步解釋：「如果慕容前輩在裏頭上班，那肯定會被我們發現，又或者退一萬步說，那機構裏這麼敏感，有黃種人一連坐在對面的酒吧一邊喝酒一邊監視著他們的大門，他們總會有人注意到吧！」

老衲彈指，興奮地道：「到那個時候，就不是我們上門問他，而是他們上門問我們到底想要幹嘛……如果他們是慕容前輩的同事，那俺想應該不會好意思刑求我們的，對吧？這叫做『反客為主的守株待兔』之計——怎麼樣，不錯吧？」

桐九側頭想了一回兒，說：「是不錯。但這條計策似乎……有點消極……萬一他們都很忙，就真的沒有人注意到我們，那怎麼辦？我們就這麼坐著乾等？」

老衲一拍手，笑道：「這種狀況俺當然也考慮到了，Plan B，除了反客為主的守株待兔之計外，俺還想了另外一條計策，命名為『敲山震虎的打草驚蛇』之計！」

桐九終於被老衲逗得一展笑容，問：「你又有甚麼計？打草驚蛇？」

老衲將地圖一轉，指著倫敦西邊的一區給桐九看，說道：「這個地方遊客非常多，我們去這個地方街頭賣藝，俺負責吆喝聚眾，妳就負責打Chinese Kongfu吸引那些白皮膚藍眼睛的洋鬼子，每打一套拳，俺就拿皮帽收一次錢。」

俺將忍不住將手上的倫敦地圖扔給桐九，站起身來比劃了一個太極拳中「單鞭」的姿勢，右手小圈成刁，左手如扇劃開，兩手間隱隱有氣息流動。

老衲道：「『小龍前輩』剛剛過世，中國功夫熱潮還是火得很；而且這批洋鬼子根本沒有看過真正的中國功夫，咱倆從明天起，一半時間在酒吧監視機構大門，另一半的時間就來柯芬園Covent Garden、或者是任何人多的地方都可以，我們來表演太極拳，不，是妳來表演太極拳，這絕對會在倫敦城內造成一陣旋風，搞不好到時候連泰晤士報都要來訪問我們哩！畢竟——」

老衲一拍桐九的肩頭，說：「誰看過帶著金黃眼珠的混血東方美女打著一手既優雅又慢吞吞的中國功夫呢？肯定會紅的，俺保證。」

桐九臉色一紅，說：「如果表演真的紅起來，那麼肯定會傳到慕容前輩耳中，那麼他就會主動來找我們。」

「沒錯，這計就是俺的敲山震虎的打草驚蛇之計！」老衲一拉桐九起身，又說：「去超市買完吃的東西，咱倆可要好好想一想江湖賣藝的表演項目，光只靠朱四爺爺教的一套陳氏一套楊氏太極套路可不足夠；最起碼要編他奶奶的幾十種不同的套路，一套一套又一套，一套深過一套，一套好看過一套，才能將洋鬼子迷得眼花撩亂昏頭轉向……走吧，今天晚上有好多事情要做。」

桐九點點頭說，好。

那時，俺以為一切行動都按照俺心中的計畫順利進行；只是桐九後來紅通的臉色到底是甚麼含意，俺始終沒有注意到。

# Chapter. 35

「Hey, everybody!」幾天下來，老衲的吆喝聚眾台詞已經是滾瓜爛熟，英腔英語隨口而出，很受英倫遊客的喜愛。

「Here, right here! A GORGEOUS EASTERN BEAUTY will perform you guys Chinese Kongfu!」（這裏將會有一個美貌可口的東方美人，為你們表演中國功夫！）

一說完話，老衲便從懷中掏出一個小鑼，咚咚咚大力敲著，吸引著遊客們的注意力；而柯芬園周圍的遊客，大部分是白種人，也有少部分的印度人與日本人，還有一些根本認不出族裔的西方人，都慢慢靠攏了過來，而俺的英文也從一開始的發音不自信，到後來張嘴就來，到第八天上，英文已講得頗為頭頭是道。

『Practice makes Perfect。』（熟能生巧）老衲在心中默默想著，口中不停，嘴上也重複地喊著各種絢麗又令人好奇的台詞，像甚麼「Mysterious Oriental Martial Arts（神秘的東方武術）」、「A golden eyed girl with weakness but strong（一個又脆弱又強壯

的金眼女孩）」、「A way of fighting you never imagined（一種你從未想像過的戰鬥方式）」……等等，諸如此類。

老衲這一套攬客說詞，幾天下來已走遍倫敦各地觀光景點表演過，連大笨鐘底下與倫敦塔橋旁，都也曾立地插竿攬過觀眾表演；不過在那幾個景點當中，還是柯芬園的生意最好，遊客丟的賞錢最多，所以在第八天上，老衲與桐九又回到了柯芬園表演。

這天一如往常幾天，老衲將準備好的表演項目又再抖落，那時老衲與桐九準備的表演項目是這樣的，先讓桐九下場打一套迅捷且發勁俐落的快拳，夾雜許多震腳、發聲種種眩人耳目的動作，然後再接一套慢悠悠地太極慢拳，一張一弛，將街頭觀眾們原來興奮的情緒緩和下來。

在桐九表演完一套快拳一套慢拳之後，老衲才下場與她推手，先是定步推手，再來是動步推手，最後是亂採花推手，兩人一來一往用一種黏膩的勁道推得滿場亂跑滿天都是掌影，更還要即興與周圍觀眾互動，推他們一下說些幽默話，又或者是假裝被小孩子絆倒，反正總是要隨機發揮地贏得滿堂歡笑便是。

而最後一步的壓軸當然就是讓桐九發勁老衲接勁，表演太極發人於丈外的絕學；桐九依「捧捋擠按採　肘靠」八勁法一著一法，把老衲忽而打得騰空、忽而斜飛、再忽而打得滿地亂滾，以內勁真功博得現場觀眾的喝采。

喝采之後，就是最殘酷的一部份，那就是老衲要拿著皮帽一轉，向周圍的觀眾們乞求打賞，老衲過往聽江湖前輩說到這一段時，常常咬牙切齒又黯然神傷，說最可惡的看官老爺就是看完表演之後轉身走人，揮一揮衣袖不留下一兩串賞錢。

好在，或許是因為倫敦這城市向來有給小費的傳統，又或者是因為老衲與桐九彼時尚稱年少清秀，稚氣可人，幾天表演下來，賞金結算著實不少。

老衲年輕的時候劍眉入鬢，鳳眼生威，清癯俊秀之至；而桐九那時用一個銀環髮飾綁著一個大馬尾，瓜子臉蛋，睫毛甚長，配上雪白的膚色與金黃色的神祕眼珠，雖然臉上總是冷冰冰的給人距離感，可也不失為一個雅致的少女。

兩個人站在一起亮相，堪稱是金童玉女，丘比特與賽姬，服飾穿得陳舊卻乾淨，表演著遙遠東方的神祕武術，豈能不招來倫敦看客們的轟轟叫好與小費的如湧狂扔。

七天表演下來，老衲與桐九意外賺得滿盆滿缽，忘了當時確切的數字是多少，但總之在倫敦一兩個月的旅費是賺回來的；桐九也忍不住佩服老衲的智計無雙，說：「難怪出國前老衲你要我去理髮店接長頭髮，這表演前先將馬尾一綁，頭髮一甩，打那一式『玉女穿梭』時馬尾隨著身法擺動，的確奪人目光，喝彩聲便手到擒來，如雷響起了。」

老衲笑道：「這個自然。奶奶說上海話喚長相便是賣相，妳賣相老好了，邪氣靈光，再配上盎格魯撒克遜人最嚮往好奇的拉丁黑髮；妳下場演出，豈有不紅之理？」

這第八天上在柯芬園的表演，也是一如往常的順利，表演之後先令與便士滿天亂飛，老衲雖沒有千臂如來趙半山的本事，可是拿錢砸俺俺還是可以接得下來的；向周圍觀眾繞行三圈之後，皮帽裏的銅幣已經快要滿溢出來，老衲眼尖，從整帽銅幣中挑出一枚銀幣，向上一彈，那銀幣反射陽光在空一亮，像在空中打了一下閃光，銀幣落下之際，老衲轉身，屁股一歪，正巧用後腰帶開口的錢袋子將那銀幣接下來。

「Thanks your Florin, Sir.」這一下小把戲與致謝詞，當然又是滿堂不絕的口哨與喝采。那銀幣俗名弗洛林（Florin），價值雖然只值兩先令，但畢竟新造的這批是純銀打造，又有英女王伊莉莎白二世的頭像在其上，是個絕對的好彩頭賞金，所以老衲才特別露這一手感謝這位有心觀眾。

正在老衲志得意滿，準備收攤離開的時候，卻發生了一件意想不到的事情，說得遲，那時快，觀眾群中忽然有一位白人粗漢走了上前，站定在老衲面前。

「May I fight with your little girlfriend?」那粗漢伸出那壯碩的巨掌，小臂上紋著船錨

與骷髏的圖騰，他說：「You guys say this is martial arts, right? Martial arts should be able to fight.」

老衲當時被這個突如其來的變化給嚇著了，一下子不知道該怎麼回話，只是伸出了手，與那白人粗漢握了握，再問了他名字與一些客套話，便支支吾吾地說不下去。

「老衲，他說甚麼？」桐九的聲音在俺背後響起。

「他……他說妳是我的小女……喔不是，他說……他說想要……想要與妳討教功夫，交流一下……中西武術……」老衲心念電轉，想像自己如果是機靈百變的黃蓉或是韋小寶，應該要怎麼應付眼前的這個狀況，來倫敦才幾天，就要在街上與碼頭工人或者是水手（根據刺青推測）打架，似乎不是一個好主意。

沒想到桐九卻很快接戰，她沒與老衲討論，便大聲說道：「OK, we fight.」

「No-no-no-no-no……」老衲雙手亂擺，急忙將桐九拉到一旁，說：「咱們來倫敦的首要目標是尋找慕容前輩，俺不覺得……」

桐九面色清冷，像是下定了決心，說：「老衲你看那傢伙，上半身雖然粗壯，可是大小腿不過中等而已，肚皮肥滿掉出皮帶之外垂著，這等身材，閃轉必定不靈，一看就是沒有經常訓練的又愛喝啤酒鬧事的水手……再說了，你不是說我們要在倫敦城裏鬧出一些動靜嗎？要鬧事，還有比一個東方少女與白人水手打架更精采的故事嗎？」

桐九不等老衲回答，將俺直接推到一邊，下巴一揚，對著那白人粗漢一招手，然後用她詞彙很貧乏的英語對那人說道：

「Come on, we fight.」

# Chapter. 36

那白人粗漢聽到桐九說好，立刻拉開了陣勢，hey、hey、hey地叫旁觀的人讓開點，在老衲與桐九的場子拉開了一塊圓形的空曠場地，雙手舉起護頭，雙拳架在腮邊，便是傳統的歐洲拳鬥術拳擊技術的起手式。

桐九那時雖然不敢說是身經百戰，但在學校裏早就是打架圈中的一方之霸，臨敵的經驗還是頗為豐富；見到對手一擺起拳擊架式，她猱身便上，雙掌直直地撲了過去，直接抓著對手的拳頭。

這一手是桐九的獨特發明，是她當年與拳擊社的同學們打出來的經驗，她戲稱此招為太極拳中「如封似閉」的變式，她說，因為對手若是擺出拳擊架式，那麼發力必然有一個由曲而伸的過程，一旦讓拳擊手刺拳如機關槍連發亂射打過來，那是極難靠傳統武術中接手搭手方式阻斷對方的攻擊的。

「既然很難用搭手的方式阻斷拳擊的刺拳，那不如由我們主動應招，直接用雙掌封住對手仍在蓄勁的雙拳，然後用『沾黏隨應』之訣使對手根本刺不出拳……這不是比原來太極拳先接後化再發，還要更快、更釜底抽薪嗎？」桐九笑道。

不過那時老衲聽桐九講起此招時，沒見過她實際運用，直到在英國倫敦時她與那白人粗漢比武時，才第一次見到桐九用這招「如封似閉」。

那時桐九合身撲上，用雙掌按著對手的雙拳，那白人粗漢怒吼連連，可是雙拳給桐九聽著勁，雖然還是可以勉強出拳，可是一出拳便被桐九的聽勁給纏住，用沾黏隨手法帶著他的拳往偏斜方向揮去，如此一來那白人粗漢的拳只打得到空氣，卻絲毫碰不上桐九的頭臉身軀。

老衲當時一看，便在心中叫好，暗道桐九真是天才拳手，因為她這招雖然以太極拳招命名，可是一般的太極拳家是用不出來的；一般的太極拳家過度強調腳下的根勁，所以雖然手上可以聽得到對手的來勁拳路，可是會常常與自己的根勁相撞而卡死，便成了雙人鬥力使蠻的場面。

可是這個問題在桐九身上卻不會發生，因為她極精朱四爺爺的生生功，生生功有幾路專門練腿下活根的功法，要把腳下腿上練到完全「無根」，也就是練到整個人像是浮在地面上一樣——這狀態在生生功口訣中謂之「隨波逐流」——如此一來便可以把自己的根與重心重量掛在對手身上，任由對手來去，而真正做到「捨己從人」。

這生生功練腿的方法頗妙，從未聞之在任何其它武術中，那方法說簡單卻也極難，便是用一條腿懸在空中畫一個圓圈，而且要綿綿不斷，一個圈接著一個圈，前一個圈要形成下一個圈的啟始動力，絕不可在兩圈之間另外用「新力」，而後一個圈也要能帶出下一個圈；如此圈圈相連，互為因果進行。

這動作若是在手上，還容易進行；倘若是要在腿上形成這麼一個「閉鎖的動力循環鍊」，那是絕難絕難的，甚至憑空想像都會認為是不可能為之，非要看到真人示範，那才會抓到一點頭緒。

扯遠了，書歸正傳，說回桐九與那粗壯白人的比武。

只見白人粗漢越發力身體越是不受控制，他的雙拳雙臂因為桐九渾身的重量掛在上頭而青筋突起，他越是用力揮拳，便被桐九帶得越遠，終於砰地一聲，被桐九引動重心而遠遠摔了出去。

一個白人水手被東方黑髮少女給摔倒，柯芬園周圍的觀眾頓時歡聲雷動，武藝的精妙處透過身體語言毫無障礙地傳給了那些倫敦人，口哨聲此起彼落，轟轟的大笑聲與讚美聲不絕於耳，老衲忍不住得意洋洋地用英語解釋道：

「剛剛那招，叫做是『野馬分鬃』——意思是幫一頭莽撞的馬匹梳理牠雜亂無章的鬃毛……」俺話還沒說完，觀眾們都又已聽懂老衲的言外之意了，紛紛指著那被桐九打翻，剛剛爬起身而狼狽不堪的白人粗漢取笑。

桐九皺眉：「老衲你又在胡說八道，我剛剛明明是用——」

俺揮揮手：「不重要，節目效果嘛！而且這些大不列顛的子民又怎麼聽得懂咱中華武藝的高妙術語？」

那白人粗漢站起身後眼神發直，臉上卻顯得頗不服氣，慢慢走到俺與桐九面前，用英語說道：「這是魔術，妳……妳不能使用魔術來打架。」

桐九搖搖頭，說：「這不是魔術，是武術。」於是又伸出一隻手臂，示意讓那白人粗漢再來試試。

那白人粗漢卻沒有中國傳統武術那種手搭手、小臂靠著小臂開始過招的概念，他以為桐九是要跟他比腕力，蒲扇般的手掌啪一下上來，抓著桐九的手掌，要用比腕力的方式將桐九壓倒。

桐九雖然一驚，可這距離是中國傳武最拿手的距離，又怎麼會失手？她手上的功勁立時回應，劃了一個小圈讓過白人粗漢的手往旁壓下的力量，另一手馬上搭上對方肘部，先是右捋隨即扣緊腕部再往反方向一翻，便將白人粗漢用擒拿手法抓牢摔倒在地。

這一次那白人粗漢徹底服氣了，站起身來拍拍身上的灰，一臉恍然大悟，說道：「原來這是中國的柔道（JUDO）！我懂了！」

老衲聽到他這麼說，哭笑不得，但也解釋不來，只好點點頭說道：「YES、YES，這正是中國的柔道，以柔克剛，打投一體，太極拳你要這麼理解，也是可以的。」

那白人粗漢是老實人，雖然聽完以後似懂非懂，卻十分佩服老衲的講解與桐九的武功，他從牛仔褲襠的內袋裏掏出幾塊先令，塞到桐九手中，然後右手橫胸左手向桐九一擺，對觀眾一鞠躬，很有風度地做了一個舞台謝幕時把掌聲歸給這位的動作。

圍觀的眾人見他如此先兵後禮，俱又都是笑聲不絕。

而在眾人笑聲之中，那白人粗漢也學著俺與桐九用中國式的抱拳拱手禮答謝周圍觀眾的熱情，應付過一輪後他又忽然摟著老衲，塞給老衲一張小小卡片，然後低聲在俺耳邊說道：「這是我經營的地下酒吧，每個週末都會辦地下拳賽……你女朋友身手這麼厲害，有空來我酒吧玩，保證能夠賺錢。」

說完他便放開老衲，對著桐九眨了眨眼，鑽入人群中不見了。

老衲翻開那張小卡片一看，那地址是在倫敦東邊碼頭區的點，俺轉頭望向桐九，將卡片遞過去，說：「非我族類，其心必異，這白人……不知安的是甚麼心。」

桐九翻來覆去看了看那張卡片，又抬頭看了看老衲，說：「這週末如果我們沒事，就去吧，我們好像只有在教室偷偷喝過啤酒，從來沒有一起好好去外頭的酒吧喝過調酒……」

老衲臉上一熱，心裏不由得想到出國前桔梗的叮嚀，她說老衲你跟桐九一起出國就算了，可是到了異地，可得訂好兩間房間，而且千萬不可以晚上跑出去酒吧喝酒……你們要專心找慕容前輩，不可以做一些太超過的事情。

老衲那時還傻傻問道：甚麼是太超過的事情？桔梗抬手便打，搞得老衲丈二金剛摸不著頭腦。

在桐九問老衲要不要週末一起去酒吧喝酒的時候，老衲心中瞬間轉過無數念頭，也忽然覺得好像……好像在異地又結伴去喝酒這行為……似乎就是有點「超過」的行為……可是……

「將在外君命有所不受！」老衲挺了挺胸，說了一句沒頭沒腦的話，才回答桐九道：「走，週末咱們喝酒去。」

# Chapter. 37

那家酒吧在倫敦東區的金絲雀碼頭附近，酒吧名稱也正巧就叫做「金絲雀」Canary，裏頭喧鬧聲沸騰，夾雜了各式在碼頭邊討生活的搬運工、裝修雜工與水手們，土耳其煙那種嗆鼻的味道充塞其中，幾乎聽不到正統的英語，取而代之的是各種穆斯林裝扮的阿拉伯人、印度人等等用他們的古怪口音說話交談，氣氛雖然熱鬧活絡，但老衲當時剛剛滿十八歲，東方男子又天生看上去年紀偏小，俺那時身處其中，總是覺得不很舒服。

倒是桐九泰然自若，將頭髮高高盤起，用一純銀簪子在頂上扎成丸狀，身上穿著一襲紅綠黃野花圖騰的連身長裙，招搖過市走進酒吧，拉著老衲，逕自往吧檯就座。

老衲皺眉：「桐九，妳說我們今天不出去擺攤演武賣藝，各自去打點晚上來酒吧的服裝……結果妳就穿了這麼一身花花綠綠的東西來啊？這一點不好看，簡直像是那些倫敦郊外無家可歸的吉卜賽女郎。」

桐九瞪了老衲一眼，卻沒說話，跟酒保用她那不是很輪轉的英語點了兩杯「薇絲朋」Vesper，那酒保是浮滑的義大利男子，梳著誇張的油頭配著尖頭皮鞋和高立領，將調酒用的甩杯（shaker）玩得似天女散花魚龍百變，才弄出那小半杯馬丁尼。

老衲心中打了個突，心想：這不是詹姆士龐德在《皇家夜總會》故事中那杯著名的調酒嗎？這本小說老衲是讀過的，但早就忘記是不是曾與桐九提過。

桐九將其中一杯推到老衲面前，自己又端著她的那杯喝了一小口，才說：「你自己不過只穿一個白T恤加牛仔褲，還敢說我？」

老衲失笑，說道：「我們倆都那麼熟了，穿甚麼來酒吧，又有甚麼打緊？」喝了一口酒，才又說道：「不對，桐九妳今天穿這樣來，要怎麼打那個地下拳賽？」

「我今天來酒吧是來喝酒的，不是來打架的。」桐九說道。

「……不是來打架的？俺以為……俺以為妳是想來賺那個地下拳賽的獎金，才約俺一起來酒吧喝酒，喝完酒就要上場大展身手。」

桐九搖搖頭，道：「不是。」她那時已將杯中之酒飲盡，雙頰有些紅暈，又舉手讓那義大利酒保給她調了一杯「瑪格麗特」Margarita，抿了一口邊上的細鹽配酒，才又說道：「老衲，我們認識多久了？」

「差不多正好三年吧，從俺進高中的第一天開始，就認識妳的。」老衲回憶說道。

「嗯，我記得。那天是張狂學長一行人，把我拉進男廁所裏，想要脫我的衣服，正好你走進來救了我。」桐九的語氣不帶喜怒，繼續說道：「我從小就喜歡扮成男孩子，尤其是……尤其是那天奶奶的朋友來上下摸了我一遍品頭論足之後……我就更加決定，一定不要讓頭髮留長，要當一個男人。」

「我在初中的時候就已經在女校很有名，很多學姊學妹都很喜歡我，可能是因為我的皮膚白吧，又或者是我的金黃混血眼珠，她們覺得很奇特，所以都喜歡來找我。」

「那個時候我根本搞不清楚……狀況……有一個留級的學姊跟我很好，每次上廁所都會跟著我一起，還有晚自習的時候，她不唸書，可是也會在學校附近閒晃，等我下課。」

「可能她以為，我們是在交往；在我們初中快畢業的時候，有一天晚自習結束，我說我要回家了，學姊……學姊她把我拉進廁所，將門反鎖，然後用力壓著我，親我。」

老衲向來不太會面對女人說心事，聽桐九說到這段過去，饒是自小臉皮練過金鐘罩，也不禁也有些臉紅，趕緊將杯中的酒喝乾，又學著桐九向義大利酒保再點了一杯酒。

老衲道：「怎麼忽然說起這些事？喝酒、喝酒。」於是將玻璃酒杯舉起與桐九碰杯，企圖化解這尷尬的靜默氣氛。

但桐九倒是似乎一點也不覺得有甚麼，她舉杯，碰杯，再喝了一口酒，說：「沒事，老衲你靜靜聽我說就好，我想要你知道我小時候的事情。」

她繼續說了下去。

「之前我跟學姊一起去上廁所、一起去逛街的時候，也都偶爾會牽著手，但我並不覺得那有甚麼；直到那次……她把我壓在廁所裏親……我那時就已經覺得，非常不舒服，非常、非常的不舒服。」

「但是最後的決裂點是，學姊她……學姊她拉著我的手……去摸……去摸她的……」桐九呼了口氣，將眼神轉開，望向酒吧後台陳列的酒品，才繼續說道：「我實在受不了，揚起手就給了她一巴掌。」

「可能是我那時候年紀太小吧，不懂得要怎麼拒絕，也不清楚自己喜歡的到底是男人還是女人；直到……直到學姊親我，我才覺得不對，加上她又……」

「我給她一巴掌以後我也很後悔，我趕快跟她道歉，可是她甚麼也沒說就走了，後來我才知道，她去交了一個男朋友，就是我們學校的張狂學長。」

桐九苦笑：「現在老衲你知道為什麼張狂學長那天要把我拉進男廁，又要脫我衣服了吧？只是學姊把整件事情說反了，她去跟張狂說，我不讓她摸，明明想要當男人卻在最後一刻退縮了，讓她丟臉，所以張狂學長才要為他女友報仇，把我拖進男廁，說要看看到底是甚麼寶石鑲的不給他女友摸。」

老衲聽到此處，再也忍不住，插嘴大罵道：「看來這張狂真是一個王八蛋，俺再也不喊這王八學長二字了；這傢伙比俺原先設想的人格還要糟糕，桐九妳後來還可以去找張狂平心靜氣交流武功，也算是妳心胸寬大，哎！」

桐九搖了搖頭，說：「後來學姊也跟張狂分手啦，都沒事了，都過去了，我也不想被他們講說我一直很在乎學姊；」她頓了頓：「而且……」

「而且甚麼？」老衲問道。

金絲雀酒吧裏的喧鬧忽然在一瞬間靜止，靜得連一根針掉在地上也聽得清清楚楚。

「而且要不是這樣，我又怎麼會遇見你？」桐九低聲說道，將杯中的瑪格麗特一口乾盡，然後用食指一抹杯緣的細鹽，擦在唇上。

她轉過頭來，說：「對了，你會不會想吻我，試試看？」

# Chapter. 38

不得不說，桐九這一下舉動當時真把老衲嚇得屁滾尿流，連忙雙手亂搖，說：「不行、不行，我們是……」

她卻仍然是那副泰然自若的樣子，絲毫不以老衲的大驚小怪而見怪；桐九輕笑一聲，端起老衲的這杯瑪格麗特，就唇喝了一口，將唇上的細鹽配著咽了下去。

「看看你嚇的。」她自顧自說道：「我只是……想到說……沒親過男生，不知道男生親起來是怎麼樣子的？想說我們熟，你不會在意，試試罷了。」

老衲呼了一口長氣，說：「桐九妳別亂想，俺想……俺想妳只是還搞不清楚自己的性向，等將來搞懂了，再親不遲。」

桐九看著老衲，似笑非笑：「依你說，甚麼時候會搞懂呢？」

老衲攤了攤手：「遇上喜歡的人的時候吧！初吻是很珍貴的，別亂親，等妳真的有喜歡的人的時候，再親不遲、再親不遲。」

「嗤，說來說去就是『再親不遲』這四個字，看你膽小的慫樣，桔梗管你管得真嚴；」她不等老衲開口反駁，又說了下去：「對了老衲，我有另一件事情想問你。」

「但問無妨。」

「最近有一個人跟我講了一個移民英美的機會，我在想，反正我也不想跟奶奶住了，在台灣我也不知道以後考上大學要做甚麼？要選甚麼科系？更何況我的功課也不像你那麼好。」桐九緩緩說來：「我想說，乾脆我就趁這個機會出國，一邊打工一邊想想自己未來要做甚麼；只是……只是我不想再用『李桐九』這個名字，我想要另外取一個比較女性化的名字，老衲你學問淵博，幫我取一個名字，好不好？」

聽桐九一口氣說來，老衲的驚訝只有比前頭更甚，心中的不開心感覺油然而生，只是那時候還不知道是為什麼。

俺微微皺眉：「桐九，妳要移民這麼大的事情，居然完全沒有讓俺知道？」

桐九說：「我也是最近才知道有這樣的機會的——老衲，你生氣了嗎？」

老衲拍了拍自己的臉，努力讓自己從酒意中清醒過來，心中默默想道：『老衲啊老衲，你這人忒也小氣了點；最高領袖說天要下雨娘要嫁人，隨她去吧！更何況你自以為與桐九感情好，人家可不一定這麼想，看看，連要移民這樣的大事，你都是最後才知道；而且——人家可沒問你要不要放她走，只是問你要一個名字而已。』

老衲心底一面想著心事，口中卻問到其它的事：「奶奶的腦瘤，醫師已說不敢保證何時會惡化，講一句老實的，奶奶是來日無多了，妳，妳真的忍心不管她了嗎？也下定決心不幫奶奶送終？」

桐九撇過頭去，說：「奶奶養我的恩情，我下輩子再還；但是我這輩子對她的怨……怨她對我媽媽做的那些事……對不起，我真的沒辦法再面對她。」

兩人一時無語。

最後老衲嘆了口長氣，只好再翻翻酒單，叫來那義大利油滑酒保，點了第三杯調酒。酒保調來那黃橙混紅的經典調酒，老衲與桐九各一杯，俺舉杯敬她：「這杯酒叫做『龍舌蘭的日出』Tequila Sunrise，俺看到酒單裏這是一杯用橙汁紅石榴汁調成的黃中帶紅酒漿，其色甚佳，所以點來送妳；祝妳出國以後前程似錦，展翅高飛。」

桐九也不尷尬，接過了酒喝下一口，讚聲：「好喝！還是在國外的酒吧裏喝的調酒，才夠正宗。」

老衲接著說：「俺幫妳想好了，如果妳要一個女性化的名字的話，仍叫『李彤九』即可，只是這『桐』字可以改成『彤』字，紅色的那個『彤』——如此一改，整個名字的氣韻便翻轉完全不同。」

彤九大聲稱好，眉眼一挑又問：那麼，英文名字呢？

老衲這個時候才注意到原來彤九今天來酒吧，居然戴著她過去從來沒有嘗試戴過的耳環，那耳環的形狀恰好是兩個漩渦互相絞在一起，通體純銀，在醉眼與昏暗的燈光下煞是奪目；俺不禁心想，這是她去哪裏買的呢？跟她這身野花圖騰長衫一樣去市集裏跟白人大媽挑來的嗎？還是二手衣飾店買的嗎？挑這個耳環，是因為它形似太極陰陽雙魚？還是有甚麼其它的意思呢？

「彤九，諧音就是彤酒，紅酒也；」老衲一邊想著心事卻也一邊說話，一邊還瞄了一下酒檯後的酒櫃，看著那些稀哩嘩啦的酒名品牌，沉吟說道：「不然，『Averna』怎麼樣？艾弗娜李、Averna Lea，好聽好記又不庸俗，又是一個著名的酒牌。」

老衲當時趁著酒興說得正高興，卻不知為什麼，忽然之間手臂上的寒毛根根豎起，雞皮疙瘩隨之湧出，忍不住又打了個冷顫。

俺那時不自覺轉頭一看，只見從酒吧門口筆直走進來一個黃種人，頭戴紳士帽，腳穿牛津鞋，嘴上叼著一管大菸斗，眼神精光四射，步履輕健，朝著老衲與彤九走了過來。

「黃、黃安師兄……你怎麼會在這裏？」老衲驚訝得嘴巴合也合不上。

豈知道在英國倫敦的酒吧中突如其來得見到黃安師兄已經夠讓俺吃驚的，而黃安師兄走近，拉過一把高腳椅坐在俺與彤九之間，卻又說出了一句讓老衲吃驚更甚的話來。

他對空吐出一團濃煙，對彤九點了點頭，問道：「怎麼樣？妳說服老衲了嗎？」

## 反常——「講一點打架的常識」

現在這個時代，講怎麼打擂台的知識很多，不過專門講怎麼打架的好像不多；很多人練了這個拳那個拳，還是不太會打架，所以好像還是有必要偶爾講一些打架的訣竅給大夥知道。

打擂台與打架有一點很大的不同，就是打擂台是一種體育運動，要有運動家精神要尊重規則，所以打起來基本上還是要按照規則來打，什麼摔法可以什麼肘法可以，都有一定的規範。

打架就不是這樣，打架最重要的就是要把對方拖入「你自己拳法的模式」中，不可以隨著對方的模式走，這是打架的第一要義，如果不懂這點，那麼練再多種拳法，對上高手時那是都沒什麼用處的。

很多人練了傳武以後打不過散打，除了訓練因素之外，其實最重要的一個原因就是跟著散打模式走了；不管你練什麼拳，是形意八卦太極也好，是螳螂詠春洪拳蔡李佛戳腳通臂也罷，只要你打起來按照散打或者是拳擊的模式走，那幾乎是必敗無疑的，因為傳武與現代搏擊雖然「各擅勝場」，但是你照著別人的「勝場」去打，那還有什麼勝算呢？

更具體一點的例子就是格雷西家族剛出來打天下的時候，就是把各路拳法好手都拖入他們的「地板模式」中，所以通通施展不來；不是那些戰敗的好手不厲害，而是都被格雷西家族的人拖入了地板模式的緣故。

再講一個老衲自己的例子，老衲收的學生徒弟很多都是練過別家拳法的，也常會找老衲試試手，當然結果都是說老衲很厲害；不過，其實老衲的真實功夫並不厲害，但俺有一個訣竅，就是俺有把握與方法將任何人在一瞬間「拖入心意六合的打架模式」中。

反過來說，如果你在打架的時候沒有辦法把對方拖入你自己的拳法模式架構中，那麼不管練什麼拳，實際打起來都不會給人一種震驚的效果。

今天老衲上課的時候與學生們聊天談到了一點打架的小小心得，學生說這很適合寫出來與讀者朋友們分享，老衲想說，寫就寫吧，反正俺向來是「信口開河、自成一格」的，相信讀者們不會跟老衲太較真的吧？哈哈！

又忽然想到人生也是如此，人生要做自己擅長的事要做自己喜歡的事；才開心，也才痛快。

## 規則——「文比、武比、門派、規則」

傳統的試手有所謂的「文比」與「武比」，文比是有條件式的比試，武比則是完全開放所有限制，放開手來打。

金庸寫黃蓉的出道戰，即是用文比規則限制的巧妙，在完顏王府中，連鬥侯通海、沙通天、彭連虎、歐陽克諸人，一戰成名。

前兩天，老衲看到一支相當有趣的試手影片，與黃蓉的文比有異曲同工之妙，先說背景，影片中有甲乙兩方，甲方年輕人精擅詠春，但也明顯練過相當的散打摔法等其他競技搏擊技術，乙方則是所謂的傳統老師傅，只獨善形意拳，影片開始的時候，老師傅先跟年輕人敲膀子，撞背，靠肩，腳脛骨互拐，老師傅功大力沉，隨手一下，年輕人直叫吃不消，一陣「文比」之後，年輕人甘拜下風，可隨後提出武比，那老師傅心想，這年輕人雖然身材高大，可硬打硬拚的整勁功夫，怎及得上他老人家數十年寒暑之功？加之前頭與年輕人一輪硬功比試，盡占上風，因此慨然應允。

結果「武比」方式的比武一開始，情勢陡變，無論老師傅如何上鑽下捅，奮勇直衝，完全進不了年輕人的身，所有的肩靠，背撞，劈崩，被年輕人簡簡單單的進退馬與詠春攤膀伏三手給拒於門外，正在老師傅氣喘噓噓的時候，年輕人進退自如，沒起腳，只隨意拍臉切掌，完全把老師傅的面皮當作囊中之物，拍摸切點，年輕人打得到老師傅，老師傅的硬功內勁，卻完全沾不了打不上年輕人。

這年輕人相當有風度，一輪試招之後，與老師傅握手稱和，老師傅至此，臉上原本的驕傲神情為之一變，握著年輕人的手，直說以後要多學習、多交流。

這段試手影片凸顯一個再明顯不過的拳理，就是無論你的發力有多大，若打不上對手，一切是零，而年輕人的詠春模式，正是四兩能撥千斤重的最佳詮釋。

另外一個拳理，即是比武絕對是無規則的，敲膀子能贏，完全不代表開放式「武比」中能夠輕鬆獲勝，正如李小龍說的，我不能擊破木板，因為人不是木板。

行文到此，老衲忽然想到一個相當政治不正確的錯誤比喻。

在現代，門派就是規則，我練泰拳的，我練拳擊的，我練跆拳道的，我練MMA的；其實其中的意思是：我是練泰拳規則的，我練拳擊規則的，我練跆拳道規則的，我練MMA的規則等等。

在古代則恰恰相反，說我練太極，是說我練的是推手規則，說我練詠春，是說我練的是鷂手規則，說我練的是鶴拳，其實我練的是搖肢規則，說我練的是摔跤，其實我練的是摔跤規則。

當然這些都是對低手而言，對高手來說，絕對都是沒有規則沒有門派的，因為任何規則，都只是輔助學習者，去正確掌握該門派的格鬥思維與發力與身法等等，絕非現實格鬥的實際狀況。

附帶一提，以上分析只是單純研究格鬥原理，與詠春形意兩門技術優劣無關，老衲曾見過一傳統拳師，專攻形意八卦兩門，在美國芝加哥開拳館，遇到不知多少白人詠春拳手（詠春一門在國外白人中十分盛行），只用一式劈拳就可以將對手打得掛倒翻跌，連八卦硬手都還沒用上呢！當然，這也只是他個人修為，與詠春形意兩門技術高下無涉。

說到底，門派或規則，都只是從某一個角度去看格鬥本質，所以，若只單一精通單門拳術，肯定無法應付現實中千變萬化無規則的格鬥，這就如同看一幅大師級的畫作一樣，無論從哪個角度看，都肯定有所缺漏，這只是一種「觀看的方式」而已，真的要了解格鬥，規則門脈都只是手段，老衲的啟蒙師父說，過了河以後就要把船放下，別老抱著船不放啊！

# Chapter. 39

這件事得話說從頭。

從那天在四爺爺家遇到黃安之後，我便一直在想著要怎麼辦。

老衲這個人呢，外圓內方，性格拗得狠，我真的沒把握能夠說服他聽我的話，將慕容前輩的地址電話給我拿去給黃安交換我媽媽的訊息。

所以第二天，我搭車去桃園找老衲的爸爸談，希望他能幫我一起說服老衲。

老衲的爸爸行二，他們家的取名都很奇妙，據說是根據老家的一本祖譜取的名，到老衲的爸爸這一代，都得取鳥名；老衲的爸爸叫老鷹，上頭有一個哥哥叫做老鶴，下頭有一個弟弟叫做老鷲。

聽說老鶴伯伯很早以前就過世了，死在他們老家的一個家族詛咒之下，連老衲也沒有見過他大伯。

老衲的爸爸，本來我應該是要喊他「老爸」的，但這麼喊，實在有些奇怪，所以我都叫他「鷹爸」，避開「老」這個字的諧音；至於老鷲叔叔，我就跟著老衲喊他鷲叔，那倒沒甚麼所謂。

除了我自己的爸爸，我不想喊任何人老爸

鷹爸與老衲的媽媽離婚以後，除了他那個中醫科的女學生當女友之外，又勾搭上一個空姐當女友，但這次對這個空姐女友鷹爸似乎是真心的；為了她鷹爸還在桃園買了一棟房子，並遷籍定居此處，以便空姐女友飛回來的時候，兩人能夠早幾個小時見到面。

常常鷹爸忘記匯零用錢給老衲的時候，我會陪著老衲去桃園找鷹爸直接當面要錢；鷹爸每次見到老衲氣沖沖地朝他要錢，也從不尷尬自己為什麼忘了匯錢，總是若無其事的拉著我跟老衲去附近餐廳吃飯。

幾次下來，我都有點懷疑，或許，鷹爸是根本故意忘了匯錢，完全是故意的，好讓他兒子有一個藉口可以來桃園找他當面要錢，吃完飯再當場去路邊提款機提錢，將一大包鈔票直接塞給老衲。

真好，儘管是這麼彆扭的家人親情，但我也想要有一個我自己的爸爸。

我想，老衲雖然個性古怪，但或許會聽鷹爸的勸，將慕容前輩的地址電話給我交出去，跟黃安換我媽媽的訊息。

可事情不是我原來計畫中想的那樣簡單，我一見到鷹爸，他就給我搗漿糊，根本沒有要幫忙的意思。

「我那個兒子啊，我完全沒辦法管得了他。」鷹爸苦笑，雙手一攤，又接著說：「妳跟他同學當這麼久，還不瞭解他嗎？他這個人要做甚麼事不要做甚麼事，都是自己拿主意，九牛拉不回頭；我沒去勸他也就算了，如果我去勸他要怎麼樣怎麼樣，他搞不好脾氣上來，就偏不怎麼樣怎麼樣……所以，我覺得妳還是自己去跟他說得好，我是沒辦法的。」

瞧鷹爸那種一遇到事情就忙不迭置身事外的傭懶模樣，我忽然有點理解，老衲與桔梗為什麼都那麼討厭鷹爸，但我當時還是不死心，嘴唇一動，正想再跟鷹爸求懇兩句的時候，鷹爸的臥房裏忽然轉出一個風騷的……山地女人。

那山地女人看到我，很熱情，立時走過來給我一個大大的擁抱，道：「鷹哥，這就是你常常說的那個，每次陪你兒子來找你的小美女？哈哈，真的是長得挺標緻的。」她話說一半，又是一臉疑惑，問鷹爸說道：「為什麼老衲不找他女友陪他來桃園找你啊？這個……我記得是叫桐九？桐九跟老衲是甚麼關係？」

聽到那山地女人轉述鷹爸原來背後偷偷叫我小美女，我有些不高興，但畢竟此行是來求鷹爸的，我也不好發作。
那時山地女人從臥房裏出來的時候，不過穿著內衣與套著一件半透明的白紗睡袍而已，我疑惑得轉頭看鷹爸，鷹爸不好意思的一笑，揮揮手道：「她叫阿美，前幾任老公都死了，在我家樓下開小吃攤，偶爾上來陪我聊聊天。」
「空姐阿姨……不在的時候嗎？」我忍不住問。
鷹爸用力地一揮手，打了一個不必再問的手勢，說道：「她飛維也納，說是要多留兩個禮拜好好玩玩，我沒事嘛！」隨後臉一沉，又道：「大人的事，桐九妳不要多問。」
倒是那個山地女人阿美一點也不尷尬，饒有興致地問道：「桐九妳說的那個『黃安』，長的是甚麼樣子？是不是一隻眼睛大一隻眼睛小？總是在後腰帶著兩把刀玩？」
我吃了一驚：「阿美阿姨妳認識他？」我仔細地敘述了那黃安的長相，沒想到那山地女人不斷點頭，竟然好似早就認識他一般。
世界居然如此的小。
阿美阿姨說：「我的第一任老公就是被那傢伙害死的；他是我老公從越南撿回來的野孩子，可是心眼特多，眼睛看人不正，我們山地裏的巫師叫那種面，就叫做毒蛇的面，那種面的孩子可是會吃人的！我一嫁給我老公我就叫他把那野孩子找個理由送走，可我老公就是不聽我的話，看吧，最後果然翹辮子了。」

「那……阿姨妳有沒有他的把柄，可以給我……給我威脅他？」我聲音不禁有些顫抖。

「想威脅他？我看妳是傻了！」阿美阿姨失笑：「當然沒有，如果有，我自己早就弄死他的，為我老公報仇！」

她側頭想了想，又說：「我老公死掉的前一晚我就看到那野孩子在他茶壺裏倒粉，我問他那是甚麼？那野孩子啊，完全不緊張，反而給我眨眨眼，說，媽媽妳待會晚一點在床上的時候就知道厲害了，保證讓妳爽翻天，而且還可以給妳帶來一個白白胖胖的小子。」

阿美阿姨陷入回憶：「我那個時候剛嫁人，最想要一個孩子；聽到那野孩子這麼說，我輕輕打了他頭一下，笑呵呵就這麼過去了；豈知道，第二天就見到我老公死在床上，怎麼叫也叫不醒。」

「後來我把這件事跟我老公的同事說，那些人忽然都變了個臉，都拿我當是瘟疫還是病毒，厭惡得不得了；一看到我去辦公室，就馬上把我趕了出去，有一個姓趙的老好人偷偷把我拉到一邊，勸我說，我又不識字，也沒甚麼靠山，現在老黃的兒子在局裏做事，妳沒憑沒據的要告官，那是弄不過的；他勸我早早搬走，不要再打聽這件事了，免得那野孩子調轉過來對付我，讓我吃不完兜著走。」

「我那天回到家裏，仔細想想，確實是那姓趙的說的這樣，不要多管閒事。我那老公又沒多少財產，反正軍隊裏給他發的那一筆錢都轉到我名下了，還有給我這個死掉老公的人繼續發他每個月的退休俸，雖然只有一半吧，但也足夠我用的；我第二天後就趕快收拾收拾，搬回來桃園住了。」

「那野孩子……我一直都知道一定是那野孩子搞的鬼……虧我一開始的時候還對他很好呢，那時候我為了要跟他打好關係，還常常帶他去西門町那家大戲院看電影，他每次都跟我說，我對他真好，比他真正的媽媽還好。」

我低頭沉思，還是不死心：「那……阿美阿姨妳前夫的屍體……」

她揮揮手：「早火化了。那野孩子是毒蛇的面毒蛇的性，吃人不吐骨頭的，他做事，又怎麼會留下證據？」

我失望：「看來……這黃安……我……」

阿美阿姨轉頭拍拍鷹爸，又摟著他，語軟而嬌媚，說：「鷹哥你想想辦法幫幫小美女嘛！也算幫幫我，那野孩子真的很可惡的。」

鷹爸嘆了口氣，沉思半晌，終於丟出了一句話，讓我重新燃起一絲希望。

「這件事的問題恐怕不是老衲給不給地址電話，而是這個人需要治一治，」他緩緩說道：「我開頭真沒想到竟有如此因緣，不過既然是這樣，這野孩子已經造孽如此之多，又是局子裏的事讓旁人不好管……嗯……看來只有一個人制服得了他。」

「誰？」我與阿美阿姨齊聲問道。

「孫無忌孫老師，他以前是跟著戴老闆的，後來又跟著胡宗南將軍轉戰天下，軍特兩道都是熟人也都是老資格。」鷹爸頓了頓，又說：「這樣吧，我寫封介紹信讓妳拿去給孫老師，看他老人家怎麼說，問問他這件事該怎麼辦。」

我忍不住大聲歡呼。

# Chapter. 40

孫無忌孫老師那時候已經自軍中退伍，在台北的一條小溪邊開了間武館；以前我只是聽老衲胡吹他老爸跟孫老師怎麼樣怎麼樣好，也曾聽過四爺爺師父講過孫老師的一些事蹟，可我從來沒有見過他。

按鷹爸給的地址，我帶著介紹信找到孫老的武館門口，敲了敲門，一位長相斯文的年輕人出來給我開了門，我遞過介紹信，很快，他便讓我進去中堂廳裏去拜見孫老師。

我一見到孫老，他戴著一副大黑墨鏡，坐姿挺極，脖子上兩條大筋粗得像老藤，我給他鞠了一躬，說：「孫老師好，我是桐九。」

孫老大笑，向左右說道：「上海老李家的孫女，又是我老朋友朱家老四的關門徒弟，大夥見見、見見。」他對我點點頭，說道：「妳奶奶可好？當年妳爺爺的武功在南方可是出名得很，我一直想，打完對日聖戰後，有機會一定要去拜訪拜訪這位青幫老前輩，豈知道世事不能盡如人意，打完日本鬼子，又接著打毛匪，打著打著，就打到這塊小地方來了，哎。」

當時那武館廳上坐著幾個人，一個是幫我開門的那斯文年輕人，另一個是一個留著八字鬍的小矮個子，還有一個坐在旁邊的青年男子，坐姿行動氣勁非凡，眼神陰鷙而帶著江湖氣；孫老依序介紹三人，那斯文的叫鴿五，那八字鬍的小矮個子叫名八，而最後那個氣勢很不一般的青年男子，孫老叫他谷二少。

孫老說那鴿五與名八都是他的徒弟，而那谷二少呢，是台灣南部一個武林世家谷家的二少，武功凌厲絕倫，正巧因為一些事情，暫時離開南部，到台北掛單龍山寺清修。名八聽過臺灣谷家武功的大名，便鼓動谷二少趁此機會在台北找出版社出本書，細細講講他們谷家的武功傳承與內容，一方面弘揚武學，二方面也拿稿費可做為他在台北清修的盤纏；而谷二少也聽過孫老師的名聲，想請孫老師給他的書題個字，因此這會都在孫老的武館裏談。

孫老師看了看鷹爸寫給他的信，點起一根菸，說：「這個叫黃安的人挺厲害的啊！不過，我都已經退休這麼久了，再去跟局子裏打聽事情，恐怕不是很合適。」

我聽孫老師這麼說，忍不住露出失望的表情，於是便說，既然如此，那麼打擾了，孫老師我這就告退。

孫老見我如此，搖了搖手，又說：「妳誤會我的意思；我的意思是這件事情，不該由我出面去問局子裏的人，而是要走一些其他的管道。」

我問：「甚麼管道？」

孫老卻不馬上回答，只揚了揚眉，呵呵一笑，將菸灰在菸灰缸裏彈了彈，便不說話了。

我疑惑的目光順著掃過名八、鴿五，最後來到谷二少身上，我想那鴿五看上去裝腔作勢，名八看起來心粗氣浮，都是外強中乾的淺人；能幫我的，恐怕只有谷二少。

那谷二少見我望著他，咳嗽一聲，說道：「食人一口，還人一斗；孫老師若是要我谷二幫忙，講一句話就好。」

孫老師呵呵一笑，說：「二少最近不是在陽明山教美軍俱樂部裏的大兵功夫嗎？不如就請二少出手，帶著美國大兵去把那黃安抓起來拷問一番，叫他知道知道厲害；反正事後若是追究起來，誰也不敢動老美那群人，就算是局子裏的人，也沒輒的。」

我聽孫老師這麼說，心中微微覺得不妥，雖然我極討厭黃安，可是打他一頓無濟於事，要說能拷問他拷問出甚麼東西也是存疑；但我轉念又想，如果能靠美國大兵幫忙把黃安抓起來，屆時情勢逆轉，我強他弱，此刻再重新跟他談條件，似乎也是一個辦法。

於是我默不作聲。

那谷二少聽見居然孫老是要他率隊圍人打人捕人，有些意外，他遲疑低頭沉思了一會兒，才將眼神抬起望向名八，說：「八仔，這就是你叫我來，讓我給你們孫老師題字的代價嗎？」

那名八還沒說話，一旁斯文的鴿五卻先嚷嚷了起來：「谷二少，你這麼說話可不大對，你自己知道你在南部得罪了黑道上的人物多大事情，是你跑來北部避難，讓我們孫老師給你安排住所，又讓我們孫老師去給皇孫說情，幫你擺平南部的事情，你……」

谷二少一拍桌子，砰地一聲好大聲響，喝道：「鴿五，你別在這裏擱大牌，你那兩三下猴戲早給人看破，沒功夫的人在這裏沒有講話的本錢，你閉嘴。」頓了一頓又說：「我谷二被人罵睡了兄弟的女人，但是真正的原因你可知？不知就釘上你的嘴，我盤山過嶺來台北，是為了不給我阿爸添麻煩，跟甚麼黑道白道的沒關係。」

鴿五臉上一陣紅一陣青，可他被谷二少的陰鷺眼神看得心裏發寒，不敢回嘴，最後是孫老師打圓場，說道：「二少在我這裏拍桌子，怕是不太合適吧？」

谷二少站起來給孫老鞠了一躬，立時道歉：「抱歉，是谷二無禮，請孫老師諒情擔待。」

孫老揮了揮手，將餘下的香菸捻熄，又點起一支菸，說道：「大家都是武林一脈，義氣為重，有事本來就應該互相幫忙；現在小朋友來找我，我不好自己出面，請二少幫點小忙，我孫無忌以後決不會忘記——二少你怎麼說？」

「好吧，孫老師一句話說得很明白，江湖事，武林道義，谷二沒話講。」谷二少轉過來看著我，那寒如刀的眼神在我身上掃來掃去，又說：「不過呢，是不是阮武林的事情還要看覓，這小姑娘講起來也是練過的，得跟我過兩招；若是贏得了我，我就幫手，但若是贏不了我……抱歉，當我谷二沒聽過這款代誌。」

谷二少將一支手伸向我，掌心舒展指尖微微顫動，像極了一隻鳥即將飛天時的翼張羽開之勢，挑眉問道：「掛兩肢，敢啐？」

# Chapter. 41

我看著谷二少那如飛鳥欲起時震顫的羽指，猛然記起師父告誡過我的一段話。

※

師父那時正在教我與老衲生生功的九活之術，這九活術的基本，是透過各種在空中畫圈的方式去反向打開身體的九大關節，主要先從人體的四象下手，活開兩肩兩胯，再透到三才，活開胸椎、頸椎、還有命門三個部位，最後才是八卦的八處，也就是活肘活膝活指活腳等處。

在生生功九活術的原理中，等四象、三才，與八卦等幾處活開之後，最後一步是要打開前肋後肋與「隱肋」——生生功的技法中，叫鎖骨為「隱肋」，把鎖骨視為肋骨的一部份，很是奇特。

這左右兩邊的肋骨部位，在師父口中稱之為人體的兩儀，等到這兩儀活開，便能在人體產生一種類似於「永動機」的動力型態，師父說古人沒有現代物理學的名詞與架構，不過那種人體工學的體悟，古人早就發現並予以實踐了。

「利用人體的質量在空中產生位移，然後利用這一點位移產生的位能，再反向產生人體的形變與動作；然後這些利用位能產生的自然形變動作，又自然而然地帶動人體質量產生下一次的位移……」

師父當時是這麼說的，說這就是生生功，是一種生生不息的功夫，一旦從原點啟動了之後，便永不停歇；每一次的招法，都能夠順勢帶出下一勢的打法；又或者反過來說，我這邊每一次對應的招法，都是源自於對手招法產生的位能而帶給我的人體形變。

師父說這就是太極的陰陽魚互生互殺的關係；不過這生生功比太極更高一層，因為太極還分陰陽，可是生生功的生生不息，無陰無陽，無始無終，在意境上自然是比太極更勝一籌的。

「奇怪了，取這麼好的名字，不怕得罪太極拳的高手嗎？」老衲當時皺眉說：「這天梁祖師應該是活在元末明初的人，與明教教主張無忌同一個時代；即使天梁祖師沒見過張三手吧，那總也聽過名震江湖的武當七俠不是？不知道他老人家，到底有沒有會過武當絕技的太極拳劍呢？」

我忍不住出聲：「老衲你別老是瞎扯金庸小說當做是正史，師父早就說過了，在正史上太極拳的來歷，與張三丰可沒半點關係。」

倒是師父不以為忤，笑著道：「沒關係，練拳歸練拳，偶爾談談野史，也是一種趣味。」

老衲大笑：「是吧！我就說四爺爺不會如此古板。」

他見四爺爺不生氣，又接著一本正經的胡扯，扳著手指說道：「不過這張三丰創立的太極拳，若是真要傳下來，恐怕也有點險。首先是武當首俠宋遠橋吧，自從寶貝兒子出事以後再也不授徒；而二俠俞蓮舟功夫雖然精湛，但自從他當年暗戀五弟妹不成後，便再無心好好調教徒兒；而這三俠俞岱岩呢，當年中了奸人暗算又延誤就醫，導致渾身癱瘓；武藝是身體的體悟之學，三俠要領略這太極拳劍，恐怕是終身無望的。」

「五俠張翠山據說是武當七俠中天資最高，可惜早早自殺，沒了下文；六俠殷梨亭是個軟弱之人，抱得美人歸之後，恐怕再也沒有當初創立『天地同壽』時那股練武的狠勁了，更不可能有為往聖傳絕學的願力；至於七俠莫聲谷，也是一個悲劇，武功雖然差點練到能與白眉鷹王旗鼓相當，可是卻後來在追殺大師兄獨子的案件中不幸往生……據我看，恐怕七俠他也沒時間教出甚麼厲害的太極拳劍傳人下來。」

師父挑眉：「老衲你數了半天，可沒說到四俠？」

老衲點點頭說：「四爺爺精明！不過這四俠張松溪，雖然有歷史文本記載他以拳術揚名，但他的拳術，與張三丰的太極拳可不是一回事。」

我道：「怎麼說呢？」

老衲道：「張松溪傳下來的拳術，在文本上明確記著，以『勤緊徑敬切』五字訣為根基，這與太極拳的要義是完全不同的。真正的太極拳，心要閑散，要在有意無意間透入狀態，又怎麼能夠『勤』呢？真正的太極拳，在練習時以『鬆而不懈、柔而不丟、散而不亂』為要旨，講究一個行拳通透若有似無的狀態，要怎麼能夠去要求這個『緊』字訣呢？不通、不通的。」他揮了揮手，說：「所以俺敢斷言，這武當七俠雖然各自名震江湖，可是張三丰的太極拳劍，是早就失傳的武功，與現在的太極拳可不是一回事兒。」

師父忍不住笑了，說道：「老衲你這人雖然喜歡胡說八道；不過在胡說八道之間，還是總能談出一些道理，不錯。」

我瞪了老衲一眼，道：「就你會瞎扯。」又拉著師父說道：「師父，您剛剛還沒說完；我們這支生生功的原理不分陰陽，所以比分出陰陽的太極拳更高一籌，是不是？」

師父搖搖頭，說：「拳看人練，再厲害的功夫到了蠢貨手上，依舊不厲害。」師父笑著瞪了老衲一眼，又接著說道：「中國的傳統武功來歷複雜莫名，真不可考；不過依照生生功這個名稱，推測這應該是來自宋代起就有的功夫……所以，即使是元末的邋遢道人張三手曾經真的創立過太極拳劍；那與我們的生生功，仍然不是同一代的武功。」

我不禁好奇：「宋代的武功？怎麼知道的呢？」

師父笑道：「這是我那筆友長白山人的想法。長白山人他們家當年在東北，好大的威勢，家中養過不知道多少武功高手；他說他小的時候喜歡蒐集骨董，有一天忽然突發奇想，想到說，在骨董一行中『斷代』是個大題目，鍾鼎看材料，字畫見氣韻，出土聞沁，傳世翫包漿，端的是各有竅門——可是，武功呢？武功要怎麼斷代？」

老衲最喜歡聽這些稀奇古怪的鄉野奇譚，一聽又來了興趣，急急問道：「長白山人的見識，肯定有道理；四爺爺請快快說下去。」

# Chapter. 42

師父道：「長白山人說：他想武功主要還是因地而異；善撲營的功夫肯定與江洋大盜所需的武功不同。至於內容呢，同一地使用的功夫，應該是大同小異。就說摔跤吧，唐宋曰角牴，明清叫摔跤，真要像骨董那樣精準斷代，恐怕有些困難；不過他想，一個時代有一個時代的文字，或許從武功的取名規則當中，可以猜到一點端倪。」

「長白山人說：上古一直到秦漢兩代，中國仍未真正完成大一統的專制極權體制，在各州縣城中，仍多是貴族世家各自掌握地方勢力的情況，而那時的世家大族們喜歡豢養奇珍異獸在家中，然後觀察這些動物的情狀來學習武功……所以此一時期，如華佗手上的五禽戲，還有各種所謂的虎拳豹拳蛇拳狗拳等等，都應當是這個時代的產物。」

也許是我之前瞪了老衲幾眼，老衲這次反常地有禮貌，居然先舉手，等師父點頭允可，才再發問：「五禽戲來歷甚古，也就罷了；但這些所謂的虎拳豹拳猴拳蛇拳狗拳甚至是雞拳鴨拳等等動物拳種，在現今，大多還只是在中國南方流傳的拳種——可是秦漢兩代的時候，中國的政治中心仍在北方呢！」

師父微笑：「老衲這就是你有所不知。長白山人的意思是：自從晉代八王之亂後，中國北方的士人與世族大舉南遷，所以也把這些以動物命名的拳種，帶去了南方——這一點從語言學的角度也可以看得出來，現在流傳下來八閩方言，正是漢朝時期明定的官話。」

老衲沉思半晌，道：「如此一說……是有些道理；既然漢朝時期的官話雅言可以由北至南遷移，那麼跟著這群士人南遷的南方武功，或許正是秦漢時期的中原拳法，也未必……不是不可能的。」他一彈指，又接著笑道：「中國的上古時期的確喜歡豢養奇珍異獸，而且各大世族之間，還以某家能夠養得起甚麼古怪野獸作為炫富鬥富的標準。據說只有皇親等級的貴族可以豢養豹子，而龍呢，就只有九五至尊的皇帝稱謂的人可以在家豢養。」

我皺眉：「養龍？老衲你別信口開河，龍是神話中的動物，又怎麼能夠飼養？」

老衲揮揮手，笑道：「桐九妳有所不知，上古時期的東亞，應該是真的有『龍』之一生物在生活著；從黃帝到堯帝，從舜帝甚至到了西漢初期，都有所謂的『豢龍氏』做為專門幫皇帝養龍的官員呢！」

我聽老衲這麼說，半信半疑，望向師父。

師父見老衲難得乖乖地點頭認可，笑了笑說道：「老衲喜歡胡說八道，不過總是有些道理的。我聽長白山人說他手上曾有塊秦磚，上頭是真刻的有養龍的官職人員圖樣；可惜那塊秦磚，後來給可惡的古董大亨盧芹齋賣去克利夫蘭Cleveland了。」

老衲嘆了口氣：「中國人的寶物，向來中國人自己是保不住的；將來或許有一天，中國人發明的中國功夫，咱也得跑到國外洋鬼子那才學得到呢！」

師父笑了笑，倒是與老衲想法不一樣，他道：「寶物古董雖然可以買賣，可是身上的功夫是賣不掉的；天下絕藝唯有德者居之，如果有一天外國人能放喏大心力將中國人的武功通盤學走，那也是他們自己的努力所致，因緣造化，強求不來。」

我道：「師父您剛剛還沒說完。您正說那長白山人說秦漢時期的武功多從觀察野獸動作而來，故而以獸名拳；那麼唐代、宋代的呢？」

師父道：「是是，我們說回正題。長白山人認為唐代的武功命名方式，受少林寺很大影響。」

「這少林寺原來只是北魏時修建的一間小廟，後來在隋末李家打天下時出了大力氣，甚至一度在秦王李世民被王仁則圍困環州時派出十三棍僧救駕，這一舉動，等於是在政治上表態，賭了一把；後來李世民上台執政以後，便下旨公開感謝少林寺。」

「自此天下武行無不艷羨，望風而歸，許少林寺為『天下武學正宗』至今不輟；而少林寺將少林武功分為四大門：曰羅漢門、韋馱門，還有六合門與大聖門，自是深深影響了有唐一代的武功命名。」

「有唐一代，佛法昌盛，那時候的人對武功的想法並不拘泥，他們認為武功只是一道門，但，這可是進入三摩地的一道門；要進入三摩地，除了打坐修佛，亦可以由武生慧，深入三摩地境界。這兩道門一走靈虛一走體實，都是歸一不二的修行法『門』。」

「所以蜀中川人的自然門、豫州回回的心意門，精精兒、空空兒煉的妙手門，袁天罡、李淳風修的方士門，孫思邈的藥王門，酒鬼們喜歡玩的醉八仙門，殘疾人中默默傳承的孫臏門，甚至金木水火土都各一門拳術鍛煉……這些都估計是有唐一代傳下來的武功。」

聽師父說完，老衲難得點了點頭，贊同說道：「長白山人這麼說的確有點道理；俺最近在讀《唐才子傳》，裏頭有一武功高手陳摶，江湖渾號『睡仙』扶搖子，他練的就是唐代水拳門的武功。」

我忍不住嘆道：「拳以門喻，而不拘泥於一拳一腳一刀一槍的技巧；那時候的人氣魄真大，真不愧是大唐風采。」

師父續道：「唐人信佛，宋人修仙；可能是宋人長年受北方蠻族侵擾所致吧！所以更注重的是對於身體本元的開發與強化，有宋一代的武功據說深得道家修仙術的感染，也漸漸從唐代的抽象命名，過渡到宋代的具象命名。從託名達摩的《易筋經》、《洗髓經》，一直到李四矩的『八段錦』都是注重內修的東西，『生生功』亦然，與以上三類都是內修取向的功法；倒是傳說中傳自宋太祖的『三十二勢長拳』與此不同，此拳恐怕只是後人編造的偽託爾。」

老衲舉手：「這麼說來，武功的命名應是一個緩進漸變的過程，並不精準，也說明不了咱們的『生生功』就是屬於宋代的武功啊？」

師父道：「中國歷史是個大染缸，誰也說不清其中的草蛇灰線；不過生生功的老譜總訣上講：『慚惶滿面尊前，上手帶水拖泥，下腳斡角扭彎，翻身獅子蹋鞠，有箇生生重重，得箇不滅不息』，這首總訣歌不像歌，詩不像詩，長白山人說，這也是宋人的用典與宋人的語言風格。」

老衲挑眉，又問師父道：「這麼說來……按照長白山人的拳法斷代法，每一種拳法都可以依照其風格特點與取名意徵找到各自的創始年代，而無一遺漏？」

師父搖搖頭：「這個問題我與長白山人爭辯過，雖然他以為這種斷代法可以一網打盡，可是我卻期期以為不可；因為拳法是會相互交融而產生新的拳種的，並不能如此簡單論斷。就說當年老朱家逃走的那位方姓嬪妃吧！據說她帶著她的那個錦衣衛情人到了南方，就拜當地的鳥拳大師學習，而將老朱家的生生功與鳥拳結合，產生了一種新的功夫，叫做……」

我與老衲聽到這拳名，俱都吃了一驚，一時間都說不出話來；沒想到名震八閩的絕妙武功，竟然與我們所習練的生生功，有如此之淵源。

師父接著叮囑道：「桐九妳以後若遇上這路功夫的傳人時，務必小心再小心；據說當年的形意拳大家王薌齋先生南遊時也曾遇過，刺激他回到北方以後，將形意拳大大做了一番改造，去『形』而單取『意』，獨創了一門新的拳術。」

我那時問師父：「這門功夫……有何獨特之處？值得武林中的眾多高手都如此看重？」

師父緩緩說道：「這門功夫繼承了生生功最核心的『三顫』法，並融入鳥拳最精奧的『喫氣訣』而成；相傳古人認為鳥是喫氣而飛，是以鳥拳重在一個『氣』字上頭，有吞氣、吁氣、甚至是以氣鳴身諸多練法，再配合鳥拳中以翅化臂，以羽化指的殺法，是一路兼輕靈與凌厲的武功……」師父搖搖頭，又道：「不過這路拳法在台灣島上的傳人雖多，可是得真傳的並不多見；我走訪過北中南各大公園，並沒有見到練得好的。妳若將來見到，再幫為師的多觀察看看其中的異與同吧！」

※

我那時看著谷二少起手的形態，猛然想起師父曾告誡過的那段話，心中一驚，伸出手與二少搭著，問道：「敢情二少您練的是……方祖傳下的拳法？」

谷二少道：「無不對，就是。」他說話間將手一翻一扣，我便被一股莫名的大力給吸了過去，我急忙一沉力抵抗，二少的力卻變得極快，在那一瞬間化呑為吐，掌一膨起，便要將我彈出。

在那一瞬間的電光火石中我忽然想起太極拳經中的一段話：「被發欲跌須雀躍」——不及細思，我反手一支借力，腿下一個抽勁便抽了起來，直蹬谷二少的心口。

磅！

我順勢向後騰出倒下，再用一個鯉魚打挺翻身彈起，拍了拍身上的灰；而谷二少被我那腿穿心釘給正正打中，退了好幾步，不過他倒是即時用左手掌護住心窩，沒受重傷，只是給我的鞋底踹得滿手灰而已。

「只是掛肢爾爾……妳卻是來真的？」谷二少那陰鷙的眼神精光大盛，狠盯著我。

我笑了笑，說：「這招，不過是你們鳥拳裏四大本功之一的『蝦退』法應用而已，怎麼樣，你沒學過？」經過剛剛那幾下兔起鶻落的交手，我心知谷二少的內勁與功力都遠在我之上，要打贏他，肯定只能用激將法將他激怒，再在他錯亂將打他一個出奇不意，我深吸一口氣，說道：

「只推推手掛掛肢多沒意思，上來吧，我們直接打散手——放心，我會手下留情，不會打傷你的。」

# Chapter. 43

「等等，彤九妳說妳怎麼贏那谷二少一手的？」老衲皺眉問道：「用太極拳的『懶紮衣』一式？怎麼可能？那谷家的鳥拳名震南方，從他爸爸谷舍自福建高手處學來，再傳給他三個兒子谷大少谷二少谷三少……其中傳說又以二少的功夫最是不凡，打法精湛凌厲，震身彈縱之力不遜於乃父……妳小小年紀，怎麼可能勝得過台灣南方的成名高手？」

彤九搖搖頭，說，這不重要，老衲你且聽我說下去。

老衲知道彤九性子最是執拗，她不想說的事，誰也別想撬開她的嘴讓她說出來，因此雖然百般好奇，卻也只能攤攤手，繼續聽她說下去。

「我勝了那谷二少一手之後，他果然是武人，說一不二，立刻爽快答應我，帶著我去找他當時在陽明山教的那群美國大兵徒弟，供我指揮，讓我埋伏捉捕黃安。」

「有了人手，便好做事；我根據阿美阿姨提供的一些訊息，知道黃安小時候常常出沒的一些地方；後來我想，即使黃安做了特務，可是人的習慣難改，他如果要進行一些隱密的任務，肯定會找他熟悉的地方。果不其然，我發現黃安時常會在西門町的一家大戲院出入……於是那天，我帶著美國大兵們盯哨，還事先將午夜場大部份的票都買下來，免得我們伏擊他的時候，受到不相干的人舉報干擾。」

「沒想到，同一天同一個晚上，卻有另一組人馬搶先埋伏，搶先抓住了黃安。」彤九平靜地說完，又指了指黃安師兄，續道：「接下來的事情，你自己跟老衲說吧。」

黃安師兄叼著煙斗，狠狠吸了一大口，朝空中慢慢吐出一股濃煙，看著煙霧裊裊，久久散去，才道：「他媽的，我自己的糗事，我自己來說。」

「那間大戲院……自從我小時候的那場大火之後，就被人傳說常常鬧鬼，所以我想，那正是一個做秘密交易的好地方。誰知道，這樣的好地方反而容易被人家注意到。」

「桐九帶的那群美國大兵，早就被我發現了；就只是在等他們甚麼時候動手而已；那群美國佬，外強中乾，我是不放在眼裏的。只是我不知道他們他們背後是李桐九這個小姑娘，哼，如果早知道是小師妹調集人手偷偷跟我，我肯定要好好地跟她玩一玩，逗一逗她。」

「我卻沒有意料到有另一組人，真正的職業高手，早就偷偷的盯上我。」

「西方公司*遺留下來的那一群人……始終在台灣明面暗底的跟太子爺鬥法，他們不希望老頭子與太子爺真正打回大陸，但也怕老毛一個發狠，全力猛攻蔣氏國軍，解放台灣島；這兩種情形不論何種狀況，都造成中國統一而定於一尊。」

「屆時，台灣將成為中國這隻雄雞的雞爪，昂首闊步踏入太平洋，破壞美國人第一島鏈的大戰略格局，喚起老美對於當年珍珠港被偷襲，太平洋防守線脆弱的惡夢。」

「所以西方公司留在台灣的最高行動守則，就是要牢牢控制台灣老頭子的政權，讓他進不得，退也不得，以符合美國人的最大利益；可是這點小心思哪裏瞞得過太子爺局裏的情報網，太子爺幾次發動行動，狠狠地將西方公司的總部給砸得稀巴爛，掃了美國人的臉面。」

老衲聽到這裏，忍不住插嘴，說道：「這俺曉得，劉自然事件對吧？當年美國駐台武官槍擊劉自然少校，而軍事法庭卻囿於美國人的政治勢力，判了無罪，當庭將那殺人的美國駐台武官釋放；當此一時，台灣民怨沸騰，太子爺見有民氣可用，立即召集底下機關特務，鼓動示威遊行包圍美國大使館，最後讓特務混入暴民中，衝入大使館中將裏頭亂搗一氣，還搜出許多西方公司企圖顛覆蔣氏政權的密件——這狠狠地掃了美國人一巴掌。」

黃安師兄見俺如此熟悉這段歷史，挑了挑眉，高看了一眼，道：「小衲師弟不錯嘛，居然對這方面的歷史頗為熟悉。」

「師兄過譽，」俺哼了一聲，微笑回道：「俺家老爺、俺的爺爺奶奶，也都是局子裏的人。」

黃安師兄提防地看了俺一眼，但隨即裝作若無其事，才又接著說了下去：

「那一次太子爺的行動，不但讓美國人大為震怒，更讓西方公司裏的主任、站長們大失臉面；所以後來，當華特大使被美國政府派來接掌公司以後，便盤算著在離開台灣時，要怎麼給太子爺的局子一次臨走前的回馬槍。」

「西方公司從華沙調來一支菁英小組，準備在台灣搞事情。不過華特大使雖然心狠手辣，可他畢竟掛著『外交大使』的職稱，將這事情弄大了，對美國政府面上不好交代；但是若不放西方公司對太子爺還以顏色，見點血，西方公司裏頭那批北美草原狼可不會放過他。」

「那華特大使想來想去，始終不得其解；最後是五眼聯盟*中的英國盟友，軍情六處的朋友拍來一封電報給他，才解決了他的問題。」

老衲忍不住吸了一口氣：「那封電報不會是……」

黃安師兄那對大小眼閃過一絲狡獪的光芒，然後說道：「你想的沒錯，那封電報，正是『那個人』拍過來給華特大使的。」

附註一：西方公司，當年美國中情局安插在台灣時的組織代稱。

附註二：五眼聯盟，以美國為首，英加紐澳四國為附庸，五大盎格魯薩克遜白人的情報機構聯盟。

# Chapter. 44

「慕容前輩……是嗎？他老人家，果然最後還是沒有逃離英國情報機構的吸收。」老衲喃喃自語說道。

黃安師兄卻沒有正面回答，只點點頭，說道：「他們幾個講英語的國家，彼此的情報機構都是互通有無的，『那個人』拍來一封電報，要華特大使幫他找一個人。」

俺皺眉沉吟：「原來，慕容前輩早就知道師兄你的動向了嗎？」

黃安師兄笑了笑，忽然揮了揮手，讓酒保過來結帳，然後拉著老衲與彤九走出酒吧。

金絲雀碼頭鹹鹹的海風迎面吹來，當時雖然是盛夏之夜，卻不知為何，忽然感覺有一絲涼意；老衲看著碼頭邊稀疏的人潮，有小攤賣漢堡的，有路邊搭把木吉他唱歌的，還有一些水手三五成群套著牛皮紙袋裏頭偷裝著啤酒喝。

星光點點，海風陣陣，碼頭邊的風景看起來一切都很寧靜，但俺卻不由得注意到有兩個外國人，也默默在剛才酒吧裏壓下一張紙鈔，跟著俺一行人走了出來。

黃安師兄沿著波普拉大街帶著俺倆往西北方的維多莉亞公園走去。

黃安師兄低聲道：「老衲，彤九，這是給你們的第一個訓練。」

俺奇道：「什麼訓練？」

黃安師兄道：「『反跟蹤訓練』，這是行動組特務的基本功。」頓了一頓，又加解釋道：「這一次的招募計畫一共要招募三個東亞行動組的新進人員，我已經通過了，所以只剩下兩個名額……你們兩個能不能一起加入……就看你們自己的表現了。」

老衲急忙揮手，做一個『可否暫且暫停』的手勢，急問道：「等等！黃安師兄、彤九，現在是什麼狀況？你們兩個……總要有一個人對俺解釋一下吧？」

彤九在她慣常的面無表情下卻藏著一點躍躍欲試的眼神，低聲回道：「老衲，你要學習在尚未清楚前因後果的情況下，快速做出決斷，這是你一直缺乏的特質。」

「等等！」老衲忍不住拉住彤九，卻被她一翻掌給輕鬆掙開。

「老衲，」彤九低聲道：「我已經決定要加入。我不想待在台灣，繼續那種無聊的日復一日的人生；在台灣，沒有我重視的人，也沒有我想要做的事情；我想要……我想要到另一個地方，重新開始。」

她一指黃安師兄，腳程不停，繼續說道：「黃安師兄說，只要我通過測驗跟他一起加入東亞行動組，他就會跟我說我媽媽與爸爸的事情；而且加入行動組以後，我有處裏的資源可以運用，到時候我想做什麼，就能夠做什麼。」

「放屁！」俺忍不住大罵，一扯黃安師兄手肘，說道：「師兄你不應該騙彤九，特務生活，並不是像你說的那樣。」

黃安師兄卻不理會，甩開俺的手，腳程加速，一轉眼三人說話間，卻已到了維多莉亞公園的邊上人行紅磚道。

黃安師兄指著那公園旁的一顆大樹，說道：「這棵大樹是聯絡點，時間是從現在開始到午夜，目標是跟蹤你的人的皮夾。」他轉頭問彤九：「妳聽懂了？」

彤九點點頭：「懂。從現在開始到午夜，要找出跟蹤我的人，並拿到他的皮夾，回到這棵大樹旁，就算完成任務，是不是？」

黃安師兄笑道：「一點就通。」拿起煙斗，吸了口煙，重重噴在俺臉上，說道：「比這個二愣子的反應要快得多。」

老衲正要開聲，彤九她卻轉過來對俺一笑，說：「老衲，相信你也聽到風聲了，很快地美國就會決定與台灣斷交，到時候要能夠離開台灣，恐怕……就不會是那麼容易的事情。」

俺嗤了一聲，道：「俺生於台灣，死於台灣，可沒那麼想離開。」

彤九道：「我不想，我想要到外面去闖一闖。」她轉頭看了看黃安師兄，又道：「師兄答應我……只要為處裏的東亞行動組服務三年，就可以退役，取得英國國籍，長留此地。」

「妳傻了嗎？」俺道：「黃安……黃安師兄是什麼樣的人，妳不曉得？他說的承諾，妳也相信？傻妞！笨妞！俺從來不知道原來妳是一個這麼呆的……」

「黃安師兄或許不可靠，但，慕容前輩的保證，我是相信的。」彤九冷靜地說。

……………

！

「他奶奶的。」老衲忍不住罵了一句髒話，「原來……原來……你們倆都見過慕容前輩了……只有俺一個人被瞞在鼓裏……」

彤九的表情有些抱歉，說：「對，我騙了你，不過那是因為我不知道要怎麼開口跟你說。」她吸了口氣，又說：「而且……我也自行從你的行李中翻出那封寧奴的信，也已經轉交給黃安師兄了。」

俺搖搖頭：「那沒什麼，那封信本來就是他媽媽的遺物。」俺忍不住，瞪著彤九：「只是，為什麼妳要做之前，不跟我說一聲？」

「難道，妳不知道無論妳做甚麼決定，俺最後都一定會支持妳？」

彤九搖搖頭，一瞬間，眼神變得決斷，跟黃安師兄說了聲：「我走了。」說完便慢慢踱步，裝著是行人的樣子，隱沒在往貝夫諾格林方向的巷子裏。

夜風掠過樹梢，發出沙沙的聲音，彤九的腳步已經隱沒在倫敦的夜色中。

倫敦夜裏的薄霧，像是一張網子，將彤九網羅進去；又像是一道柏林圍牆，將她與俺不由分說的隔絕開去。

大樹旁剩下俺與黃安師兄，老衲嘆了口氣，雙手一攤，道：「俺不玩了。無論師兄給俺來什麼招，俺都不陪您玩了。」

黃安師兄笑道：「這可由不得你。」

他拍了拍老衲的臉頰，道：「你的測驗，比彤九的更難。你的測驗是跟蹤與反跟蹤，你既是被跟蹤者，又是跟蹤者；而你的對手，他的目標是你手上的那塊錶。」

老衲氣往頭上衝：「師兄！你故意的！你明知道這塊錶是俺老家的家傳之物！」

黃安師兄笑了笑，道：「這樣你才會認真啊。」他又在老衲耳邊低聲囑咐：「按規矩，是不能向你透露的；不過念在同門之誼，我破例告訴你。跟你的是一個日本人一個朝鮮人，都是練家子。」

「我要是你，就會趕快跑。」黃安師兄大笑：「不跑的話也可以，就是趕快丟下錶，然後滾回你那可悲的流亡之島台灣去。」

那時黃安師兄正叼著煙斗抽著菸，老衲想也沒想便一巴掌往他臉上搧過去，黃安師兄沒料到老衲忽然動手，不過他反應也真的快，一抬手便架住了老衲的巴掌。

不過他絕對沒想到，老衲這下巴掌可不是一般的巴掌，這下巴掌等他剛剛架實，便化掌內捲，捲成一個刁手上提，瞄準的卻是他叼在嘴中的煙斗。

砰得一聲，煙斗飛向半空，裏頭的煙絲煙火亂撒亂噴散得如天女散花，而那煙嘴也將黃安師兄的門牙磕得滿嘴血。

俺冷冷地看著他。

黃安師兄雖然滿嘴血，卻還是那副若無其事地樣子，慢慢地從胸前口袋掏出手帕，緩緩擦了擦嘴邊的血。

「好一傢伙，這招叫什麼？」

「半式單鞭，取你煙斗綽綽有餘。」

俺沒說的是，這招其實是彤九想出來的變化著。

老衲那時氣得渾身發抖，只發一招，卻再也沒力繼續。

只想罵人。

「師兄，你做事太不上道了。」

「是嗎？哪裏不上道？」

「你自己喜歡給西方人當走狗，由得你去；但你為什麼要吸收彤九？她招誰惹誰了？」

「是我招募她的？還是她本來就有這個潛力？」

「當然是你這混蛋騙她上鉤的。」

「你有沒有想過為什麼？」

「俺不知道什麼為什麼、不為什麼，俺只知道你是一個卑鄙的人，卑鄙的人不需要理由。」

「哈哈！我不是說我，我說的是彤九。」
「彤九？」
「什麼樣的人，會與揭露她醜事的人做朋友，你想過沒有？」
「俺不懂你的意思。」
「你口中的好朋友好知己，李彤九小姐，她連如此得罪她、威脅她的我，都可以做朋友，你覺得她是一個什麼樣的人？」
「俺覺得她只是被你的花言巧語所騙。」
「我再說得明白一點，彤九她爭取的是東亞行動組的女探員身份，而這個短期的女探員只需要服役三年，完成任務後便可取得國籍退役；而這項任務是什麼，你知道嗎？」
「什麼任務？」
「去美國，色誘某台灣黨國高層子弟，並伺機拍下不堪的錄影帶作為要脅。」
「……為了什麼？」
「為了未來這些黨國高層子弟接任台灣地區的領導人時，西方國家便可以叫他們幹啥，就幹啥。」

黃安師兄說起這些事來，就像是街口大媽在說今天的黃昏市場一斤蔥一斤蒜多少錢，毫無情緒上的波動。

可是老衲卻不行。

「出賣身體？黃安師兄，俺真不知道你們這夥人居然已經墮落至此。」

「在你看來不可思議，可是你的好朋友，李彤九小姐，她聽完這個任務的時候，只問一句：那麼我可以獲得什麼？」

「你怎麼回答她？」

黃安師兄聳聳肩，道：「我說，可以獲得英國的永久居留權，與五十萬英鎊的分期支領退休俸，她二話不說就答應參加行動組測驗，爭取可以出這項任務的機會呢。」

「俺不相信。」

黃安師兄揮揮手，道：「相不相信由得你，別忘了彤九她的媽媽與奶奶，是做什麼出身的。」

老衲本來還想說些什麼，眼角卻發現似乎是黃安師兄說的那參加測驗的對手，一個日本人，一個朝鮮人，隱約出現在街角。

老衲嘆了口氣，拔下手上的手錶，扔給黃安師兄，道：

「算你贏了。師兄，算你贏了。」

黃安師兄接住手錶，挑眉，饒有興趣的翻來翻去仔細看了看那支手錶，道：「真不玩啊……你這個人，真不好玩……據說這隻錶是你爺爺當年在警備總部裏的象棋大賽中奪冠，才贏回來的勞力士。」他將錶翻到背後細看了一下錶芯的銀蓋，又道：「你看，這上面還刻著你爺爺的名字，還有黃杰將軍敬贈的字樣呢！」

「砸爛它吧，俺不在乎。」老衲那時真感覺全身脫力，什麼也不想管了。

「你還有良心的話，幫俺把這塊錶送給彤九，叫她好自為之……若你真沒剩多少良心的話，就砸爛它吧，俺啥也不想管了。」

# Chapter. 45

老衲回台灣以後，好幾件事跟著要處理。

首先是奶奶的病情迅速惡化，桔梗與老衲天天陪著奶奶，在那台北的退伍軍人醫院附近到處推著輪椅閒逛。

奶奶一句話也沒有問後來彤九她去了哪裏，只是常常握著桔梗的手，說：「可惜，你們倆結婚，我是看不到了。」

桔梗每次都是微微一笑，那個笑容老衲當時卻沒看懂。

那時的大學課程大約是九月多時開學，而奶奶的病情在八月急劇惡化多處併發症，便在八月底九月初時，走了。

前後不到三個月，也算是，不受苦痛吧。

奶奶的喪禮來了很多人，什麼故友，什麼乾兒子乾女兒，如雨後春筍一般忽然都冒了出來，都是些俺從來沒見過的人。

印象最深刻的是，有一個不知是誰的自稱是奶奶的乾女兒的，一見到俺，便劈頭把俺罵了一頓，說俺不孝順云云，說奶奶最終都是在掛記著俺云云，還說俺在這整場喪禮都沒流一滴眼淚。

老衲只嘴角牽動，以最微小的上揚角度笑了笑，「家屬答禮」，喪禮的司儀唱喏，俺便鞠躬把那大姐送了出去。

『或許……那大姐把老衲錯認成了別人？』老衲忍不住心想，卻一面還是東張西望，揣測著為什麼奶奶的喪禮上沒看到桔梗。

直到奶奶過世，老衲才知道原來奶奶生前曾短暫擔任過軍警職，所以國家在內湖的五指山上給她劃了一塊地，作為身故後的葬所。

陪奶奶上山的那一天，陽光明媚，清風徐來，在上去五指山的九彎十八拐山路上，老衲居然完全沒有暈車，只想著一句話：原來人去了，不過就是這樣啊。

一個人就這樣沒了，一個活生生的人。

功過是非，榮辱貧富，轉過身來不過數尺見方的一抔土。

墓碑的背後，匠人說可以刻幾個字作為墓誌銘，老衲想了想，因為對奶奶生平細節不夠詳盡，不敢下筆貿然，只寫了簡單的幾句話。

「李劍，原名李秀，善京劇，重俠義，曾入風塵，頗有古之紅拂女風，惜所託非善，故不得良人白頭，有一女依依，遠嫁美國，一孫女彤九，自立於英國。」

老衲苦笑，心道，這墓誌銘奶奶看到不知道會不會生氣，但俺這脾性奶奶是知道的，說一是一，總是學不會說假話、說好聽話。

辦完奶奶的喪禮，桔梗仍舊是避不見面，老衲只好先去辦另一件事。

找谷二少問個清楚。

谷二那時候在南部的事情已經處理完畢，所以在台北收拾，準備回到南部去。

老衲是在谷二少當時的一個徒弟的店面裏找到他的。

那是間龍山寺附近的銀樓，專門賣金飾金條的，這種店一般來說都有幾道重重門鎖，躲在後面將門鎖鎖上，裏頭便自成一個小天地。

老衲按江湖規矩與谷二少寒暄招呼幾句後，便切入正題。

「二少，俺來找你，不過只是想問一句，你真的有跟彤九交手？她真的贏了你一手？」

谷二少修養甚好，被俺問到如此跌股事情，只哼了一聲，不怒，反而笑了笑道：

「無錯，我輸了她一手，算她奸巧，功夫沒到，卻是計謀濟濟。」

俺雙眉一軒，道：「輸了就是輸了，哪有甚麼奸巧不奸巧的？『兵不厭詐』知道嗎？」

谷二少搖搖頭：「那個女孩厚心思，詭詐，不是正道。」

被谷二少這麼一說，老衲越聽越是好奇，端起他徒弟那銀樓老闆拿上來的清茶，以茶代酒，敬了二少幾杯，才終於問出那一場試手的真相。

原來彤九的確是用了一招太極拳的「懶紮衣」贏了谷二少一手，但過程並不是讓二少完全服氣。

據谷二少說，彤九知道他的「吞」、「沉」二勁厲害，怕一近身就被掛著勁脫不開，所以腳下跑起「零碎步」，移動迅捷，圍著對手打邊緣包圍戰，出碎拳小拳繞著打，而谷二少謹守家法，死守「門前一窗」的防守距離，一時間兩人僵持不下，彤九打不進去那「門前一窗」，而谷二少的內八三角馬，穩則穩矣，卻也追擊不到彤九那進退挪閃迅捷的零碎步子。

（說到谷二少的那「門前一窗」的防守，值得再補述兩句：谷家的鳥拳尊創拳始祖方祖為女性，故稱此拳為『姑娘拳』，其防禦手法謹守『門前一窗』的方形大小，這窗高不過眉，低不過臍，左右約在雙眉前外一拳距離與雙胯前外一拳距離；

谷家鳥拳以自身喻門，而『門前一窗』即為這個在身前虛擬的方窗形的防守範圍，認為防禦守備的範界不必過大，只需謹守此一範界內的攻擊即可。）

（至於彤九的『零碎步』，那是朱家生生功的絕傳；但不影響故事敘述，故且容有空再談。）

彤九試了幾次，都攻不進去谷二少的門前一窗，更別談摸到二少的頭臉身子，甚至還有幾次，彤九退得慢了，被谷二少鳥翅化指的鐵絲勁給掃上腕子，熱辣辣地掃出幾條紅印子。

那時谷二少原以為勝券在握，一時間雖然追趕不上彤九的步子，不過他打定主意慢慢的一步一步進逼，把彤九逼入大廳角落，讓彤九不得不硬接他的內功內勁，想要如鐵碗撞瓷碗一般，將彤九正面打翻。

但他沒想到，彤九是天生的拳精，一個模式行不通，馬上轉換了另一個模式來打。

彤九的第一步是先將重心壓低，因為練過生生功的活根法，所以重心雖然壓得低，可卻也不影響她運使零碎步的進退躲閃；於是又用這個伏低的高度與谷二少交換了幾拳幾腿。

彤九打架向來是這樣，第一步先給對手下套，第二步便來甕中捉鱉。

彤九的第一步是伏低身子，讓谷二少只能攻她頭臉高度，等二少一習慣，彤九的第二步卻是忽然長身騰起，側身閃進，用胸部部位硬接谷二少的攻擊。

谷二少的性格雖然凶狠，但畢竟是堂堂正正的武人，手臂一掃，剛剛觸碰到彤九的胸部，就急忙將勁力內收，而彤九卻趁他猶疑的那一瞬間，以胸骨前移反撞二少手臂，後手扭腕與前手穿腋同時發招，三個支點相互反折，將二少的左手牢牢嵌在懷中。

「幹，也算她讓手，落尾只用手面拍我頭殼一下；若是按正規的，那招『懶紮衣』剉在鼻仔，鼻水流滴，那我谷二在孫無忌老師面前，還用做人嗎？」

谷二少如此總結說道，老衲卻聽得不知該笑還是該氣；只是心想，彤九啊彤九，俺竟然從來不知道，原來妳是如此做事不擇手段的人嗎？

# Chapter. 46

約了幾次，終於在大學快開學前，約到了桔梗。

自從奶奶故去之後，桔梗便一直避不見面，俺心中雖然已經隱隱約約猜到了她的意思，卻總是還是要當面一談，才好死心。

那個時候台灣街頭剛剛開始流行打檔車，老衲一滿十八，便託朋友從二手車行買來一架「野狼」，那台野狼車身是水亮光滑的天藍色，排氣管給前車主換成一支大砲，除卻了外殼的隔熱罩，模樣很是拉風；不過缺點呢，也很明顯，就是在學打檔換檔的時候給俺的小腿肚燙出好幾個大水泡而已。

老衲騎著那台野狼到桔梗的校園接她的時候，她淡淡笑說：「幾天沒見，怎麼你也開始玩起這麼『蝦趴』的東西？」

老衲的臺語向來似通非通，可是心中想著別的事情，卻也沒有再繼續追問蝦趴到底是何意思；想來，總是好詞吧？

載著桔梗一路向北，便往關渡山上騎去，關渡的山路雖然有些坡度，可是打檔車就是這點好，離合器喀喀一換一踩，在過彎爬坡的時候非但不減速，還可以蓄足馬力一路加速上去。

心底空空的，車速一路飆升，繞過整座關渡山頭幾回；終於在山頂一塊草坪上停下來的時候，已是夜半時分。

星空滿斗，無一絲月光，卻不知道為什麼，覺得桔梗的臉龐自映著淡淡的冷清。

「這兒很美。」老衲將野狼架在一旁，從包包裏掏出一大塊野餐布塾，席地鋪著，便躺了下來。

桔梗大大方方地坐在老衲身邊，接話道：「星星很多。」

兩人一時無語，俱都看著天上的星星，老衲不懂星盤，那時從左上一路看到右下，又從右上一路看回左下，一顆星星也不認識，平時從書本裏看來的那些星座知識，甚麼大熊座、天琴座、人馬座……全都給抛到了九霄雲外，嘴巴張了又合，合了又張，拼命地想從腦子裏擠出一些話來講，卻是半點話碴也找不到。

靜默半晌，倒是桔梗先開了口。

「老衲，你之後不要去四爺爺那了。」她道。

俺翻身而起，皺眉問道：「為什麼？我有發現……我自從英國回來，每次去敲四爺爺家門，他……他都不在家。」

桔梗嘆了口氣，說：「那個黃安師兄，是不是教了你一套刀法？」

老衲一聽，不由得驚出了一身冷汗，回道：「這事有是有，可是……」

桔梗沒聽俺說完，便打斷道：「我不是早跟你說過，你不要插手管桐九與那個甚麼黃安師兄的事情嗎？這下可好，你在倫敦與黃安師兄學刀法的過程，全都被他找人偷偷拍下照片，寄回台灣給四爺爺了。」

桔梗越說越氣：「你又不是不知道四爺爺最重視門風。他自命這套朱家的生生功是天下絕學，他生平最恨的就是那個黃安偷學走了他的生生功的八成多內容！你……你在照片裏還笑得挺開心，跟那個四爺爺的逆徒交流武功，還告訴了他『九活六通三顫』中的最後『三顫』的那三塊骨頭！」

老衲指天發誓：「天地良心，俺絕對沒有與黃安師兄談到那三顫的秘密！這……這是四爺爺的命根子，俺怎麼可能……」

桔梗搖搖頭：「黃安寄過來的信封中，除了一連串你與他比手畫腳的刀法照片外，他還附上一張明信片。」

「那張明信片上寫甚麼來著？」

「『朱先生，原來我便猜到前後顫靠的是膏肓，左右顫靠的是環跳，可是原來我打死也猜不到的是：上下顫靠的是尾椎那塊為首的八塊空心骨頭啊！真多虧了你的小徒弟老衲先生。』——那個黃安的明信片就是這樣寫的。」

生生功的絕密，便在於要將尾椎上黏合的八塊骨頭練開，這是那時朱四爺爺的諄諄告囑。他說，故老相傳，人類原來尾椎上是有八塊四節骨頭的；可是後來不知道為了甚麼給黏合在一塊，只留下了八塊小洞——所以人類的先天之力便無所發揮。

而生生功，這生生不息之功就是要將這八塊骨頭給徹底練活練開來；這是三顫之後的核心秘訣，三顫中一顫接一顫，就是要慢慢練到這個骨頭的最深處。

可是這個秘密，俺可從來沒有與黃安師兄說過啊……

老衲深吸了一口氣，拍了拍雙頰，說道：「俺在離開英國前，黃安師兄又多留俺三日，說是要教俺刀法；他說這是他綜合了坤沙手底的老刀手教他的功夫，還有警備總部裏頭的老青幫份子傳下來的殘篇。俺知道這人不正派，可是禁不住這路刀法的誘惑，又多留了三日與他串下來這路刀法，但……」

老衲伸手握住了桔梗的手，堅定地道：「桔梗，妳相信俺，俺從來沒有透露妳們老朱家的功夫秘訣給黃安師兄，一次也沒有。」

「不是你說的，那是誰說的？桐九嗎？」桔梗輕蔑地眼神一撇：「從你回來，到奶奶過世，我好像都沒有看到桐九。」

老衲嘆了口氣，道：「或許她有些事情，需要暫時留在英國，短期之內不會再回來了。」

桔梗的手縮了一縮，輕輕地掙開。

她站起身，說道：「老衲，送我回宿舍吧，有人在等我。」

「俺……我們……就這麼結束了嗎？」

「嗯。」

「為什麼？」

「我再也受不了你那種怪腔怪調的講話方式，也受不了你天天只喜歡練功而不務正業不讀書不打工的生活方式，更受不了你那種與大家都不一樣的行事作風。」

「……我根本一點也不喜歡練功……」

「是嗎？」

「真正的原因還是因為他，對嗎？」

桔梗沒有回話。
當初老衲追桔梗的時候，便知道桔梗有一個從小到大都一起學畫的青梅竹馬；桔梗總是若有似無地說起他來，而那個人，最後也與桔梗考上了同一間大學的藝術科系。
「是不是俺當初沒有教妳數學，妳分數差一點，就不會與他考上同一間系所了？」老衲的話語中還是帶著一絲忍不住的嫉妒與冤枉。
桔梗還是沒有回答，走到那台架在旁邊的野狼摩托車旁，輕輕一笑。
「走啦！這麼不瀟灑，一點不像你。」
她說。
老衲苦笑，站起身來跨上野狼，發動，引擎聲轟轟地震動山上清涼的夜風。
待桔梗抓好座後的把手，離合器踩著，卻用最低檔慢速的騎法慢慢地溜下山。
不能太快，那時候心想：因為太快的話，怕眼淚會向後滴到桔梗臉上，那就不好看了。
瀟灑嗎？那全是裝出來的東西。
高中三年的一幕幕混雜著下山的路晃過眼前：
離家出走，與桔梗談戀愛，與彤九一起學武練藝，受奶奶與朱四爺爺照顧，一路以來雖然沒怎麼好好唸書，但也將太極拳與朱家生生功練個小熟小精，最後被黃安師兄捲入這個莫名其妙的事件中，而好不容易讓這場鬧劇落幕了，卻………

山風呼嘯，依稀有聽見桔梗說的最後一句話。

「還能當朋友嗎，我們？」

「Absolutely。」俺堅定地回道。

# 有無——「Different purpose brings different trainings」

老衲前一陣子忙，寫文的時間少了，練功的時間卻多了，其實像老衲這等傳武圈的邊緣愛好者，練功早已無甚麼大抱負，不過是喜歡逗自個玩玩，練開心的而已，常常在家中客廳隨便動一動，便覺滿意，一蹦一跳地閃到老妻身邊，道：「大進步！俺最近又大進步了！」每次都被老妻饗以老大白眼，回道：「就這樣？就剛剛那樣動一動就大進步？」

前幾天老衲在家中練功時，腦袋中又蹦出一個新的概念，忍不住寫文說將出來，覺得俺說得對的便對，覺得說得不對的便不對，聽聽就好，不用爭辯，老衲一向服膺衛斯理先生的高論，這世界之所以多彩多姿，是因為每個人都有各自不同的想法，沒必要強制統一，所以俺講俺的，你講你的，各自尊重，完全沒必要去辯論或證明誰說得對或不對，哈哈！

閒話休敘，回到正題，老衲前幾日忽然想到，其實武功之中，可以因為要應對的目的，而分為三種大派，第一種，便是當今最主流的搏擊運動，這種派別可以稱做是「有規則」，即是因為各種規則，而分為各種不同的訓練手段，而能各成一派，拳擊有拳擊的規則，角力有角力的規則，等等。

第二種大派，曰之「（無規則但）有場景」，這種派別主要的訓練目的，是按照場景分類的，所以可以有陸路拳法、水路拳法、山路拳法之別，也有所謂的戰場拳法，或以兵化拳類的拳法，又或者如心意六合，老衲以為那是回族人中流傳下來應對某一種特殊場景的拳法，現在看到很多人，把心意六合當作螳螂拳拆招，又或者把心意六合硬套上詠春木人樁練習，不是不可以，只是實在有些古怪，拳理與拳架應該是要息息相關，絲絲入扣的，螳螂拳的拳理，以螳螂拳的拳架展現，那是最最適合不過，而詠春拳的三套拳法設計，本身也與木人樁是系統整合在一起的，拿心意六合卻用的是螳螂拳理，又或練心意六合卻要補充南派木人樁，怎麼想，都覺得有些怪怪的，當然，也有許多高手練是練心意六合的拳架，但用，卻是用散打搏擊的招式，這或許也有他們這些高手各自的道理，不過老衲出手，一招一式都是一板一眼的心意六合，每一動都是用十大形的把位拳架應戰，完全不用拳擊的直勾擺三拳，也不用泰拳散打的側踢橫掃，這一點，很多人都看過老衲示範，就不多說了。

忽然想到，上次說醫藥業是良心事業，其實武術教學也是，教拳要對得起自個的良心，一不能讓學生練受傷，二不能下重手打傷學生來證明師者的功夫好，三要教甚麼就要是甚麼，老衲的功夫其實差勁得很，打得過老衲的一籮筐去，可是老衲教心意六合，便是用心意六合拆招實戰，絕不會教心意六合，等要教實戰時卻拿出兩副拳套來教散打，當然，拳套與散打技術都是好的，只是那真的不是心意六合的原生場景，從買壯圖一直到盧嵩高等先師們，應該都不是靠帶拳套練散打這種方式來鍛鍊實戰功夫的。

除了針對「有規則」的訓練，還有針對「有場景」的訓練之外，理論上還有一派，是專門針對「不對等」的訓練目的的。

所謂的「不對等」這派是啥呢？好比說在路上突然遇到瘋子揮刀的情況，又或是在一個擁擠的演場會場合，要偷偷要幹掉某個特定目標（vice versa），甚至是說，對手根本不是人類，好比走在馬路上，忽然有一輛汽車向你疾駛撞將過來（在古代可能是一匹馬向你奔來踏過），諸如此類，其實衝突的雙方是完全不對等的，甚至其中一方根本沒有對抗意識，就被拉入一個對抗的場景，在這種情況下，應該要如何訓練？也是個至關重大的課題。

在理論上，所謂的女子防身術與奪刀奪槍術，都是在這「不對等」的概念範圍，不過老衲以為，「不對等」的包含範圍更大與更廣闊，是一種武功，也超越了一種武功，當然，既是如此，「有規則」與「有場景」都可以依照「規則」或「場景」分門別派，但是「不對等」的訓練無以名之，各種不對等的狀況其實需要訓練的核心都是同一項，所以，無法再在此中再分出什麼不同門派。（其實可以分，但沒有意義。）

岔開一說，很多人認為所謂的奪刀術是沒有意義的，老衲是這麼看，奪刀術能不能執行或成功，端看訓練者懂不懂奪刀術招式的背後，其實在訓練「不對等」的核心，若是訓練者不懂得什麼樣子或什麼方法才能訓練「不對等」的功夫，那麼光教一堆奪刀術的外型招式，當然效用不大，好比拳擊若只教你直勾擺三拳，卻無懂行的教練帶著訓練，那麼這外型實際應用起來，也是效用不大的。

不過，儘管光學奪刀術的招式，效用不大，但若真遇上跑不開避不掉，必須奪刀的場景，有訓練過的人絕對還是比沒訓練過的人勝率稍微高一些，練武沒有保證必勝班，所做的一切努力，都只是為了增加勝率而已，不可能永遠萬無一失，能避則避，不讓自個陷入不對等的狀況，先之先，才是上上之策。

這種不對等的功夫，歷來傳承比較少見，在古代，只有某些殺手家族或特務體系，抑或是戰士民族中默默傳承，老衲的下一部小說，預計寫一個殺手家族的故事，到時再請大夥兒多多支持，哈哈哈哈！

## 生生——「拿手指畫一個圓就是生生功」

生生功的練法，具體的動作雖然有許多種，不過基本的架構很簡單，就是拿手指、腳趾等末梢關節處，在空中劃一個圓。

比如說手指，拿手指在空中劃一個圓，一開就是那一個圓而已，再來這個畫圓的手指力量會反向轉動肘部，再來，再讓這個手指在空中畫圓的力量反向從手指通過手肘再到肩部，讓肩部形成一個被手指畫圓帶動的轉動。

如果以上這個手指畫圓，反向帶動手肘、肩膀轉動的過程能夠理解了；那麼更深一步必然能夠讓這個手指畫圓的力量，反向通過肩膀而造成腰部、跨部的晃動，再更進一步帶動腿腳乃至於小腿、腳底板等等。

與一般練功不同的地方是：生生功並不強調「氣沉丹田」、「落地生根」等等由「根節」至「中節」而至「稍節」的常規練法，而是獨闢蹊徑，由手指這種末梢的稍節做起，由稍節的力量，來反向穿過中節，而帶動根節。

手指如果懂了，更難一點的就是腳趾；而如果手指與腳趾都能夠在空中畫圓，並能夠反向帶動身體的搖晃擺旋之後，再來還可以練手肘在空中畫圓、膝蓋再空中畫圓、肩膀、腰胯……等等。

以上這些具體的畫圓動作，或者是門內先輩中一些經驗法則歸納出來比較容易的畫圓方式，就是所謂的「九活」功法；不過老衲總以為，具體的功法並不重要，能夠把握原理（拳理），並且把這些原理應用在身上與對抗中，才是根本。

這個功功生「九活」練法的巧妙之處在於：它能夠很快速的將人身上的濁力換為比較純粹的勁力。為什麼呢？因為那個手指在空中畫圓，用到的肌肉力量是很少的，之所以可以反向將這股力量回穿過肘、肩，乃至於全身，必然是體會了這根手指在空中的「重力」，而將此「重力」回串至身上，才能將這個動作做得圓滿。

傳統的說法是：通過「九活」功法，讓人體得九大關節完全「活」開，甚麼是活開呢？就在做動作的時候，各關節之間會自動去找一個相反相成，互相產生作用力與反作用力的協調方式。

舉個例子：比如說在做太極拳「懶扎衣」一式的時候，一手滾推切，另一手抽按挺，這個時候其實全身的各關節都各別需要做相對應的正纏或者是逆纏的動作；而接著做下一個動作「單鞭」的時候，全身的各關節也各自需要做與上一動不一樣的，但是各自也有正纏與逆纏的動作。

以往的教法是，師者就套路動作一動、一動教這些關節的細節，而每個動作與動作之間的關節如何正纏逆纏，往往是「依樣畫葫蘆」的模仿。

但當年朱四爺爺的教法則不同，他先教「九活」功，當這個九活功練熟悉了以後，各自的關節便會依照當下的動作，做「順」或「逆」的滾動，也就是傳統上說的正纏與逆（反）纏。

這生生功奧妙無窮，而且以練「天根力」入手，與傳統從「地根力」築基的程序很是不同；朱四爺爺當年說：這功夫據說與鶴拳頗有關聯。老衲有個徒弟是品酒師小亨利，也學過一些些鶴拳；他看老衲運起生生功的時候，說的確有這麼一點相似的拳緣關係，許多練法異曲同工，不過生生功完全無鶴形鶴狀就是了。

八閩鶴拳當然是名震大江南北的名拳；這生生功卻傳承不廣，少有人知。老衲寫在這裏，也只是聊備一格，姑且在文字上留下一點紀錄爾。

行家推薦——

# 我所認識的老衲

威士忌達人學院資深講師／小亨利

武。

說文解字：止戈為武，（止，腳趾，表示行進）、（戈，兵器，表示持戈而行）。一個人或一群人拿著兵器前進，自然就是征戰的意思。戰當然是以勝為目的，俗語有云，文無第一，武無第二。為求勝，就要思考如何能夠發揮較大的力量，於是武學誕生了。當我們的老祖宗擺動四肢、搖晃軀幹，逐步的架構出一套又一套，各式各樣發出力量的方法，於是拳法出現了。而自烏生魚湯至今，咱泱泱大中華各門各派不知凡幾，現在小亨利誠摯地為各位介紹一門神妙至極且人人可練的～心意六合拳！

以自己為原點，上下前後左右，六個方向，也就是整個三度空間。拳名六合，意思就是這套拳施展出來，彷佛變化出三頭六臂，每個方位都在攻擊範圍之內，厲害了吧。

不僅如此，心意二字更顯神妙，萬法惟心造，一個意念如同一顆種子，一念生、念念生，生生不息、變化萬千，看似一拳卻如同千千萬萬拳，千千萬萬拳又終歸一拳；這裡寫再多文字也難精準清楚的表達，只能親自來練它一練便知。

江山代有才人出，就在國術、傳武日漸式微的今時今日，仍然有人願意執轟傳承，三生有幸得遇老衲大師，方得見心意六合拳之妙。起先在網路上看到老衲的小說，文筆之間頗有倪匡大師的風采，然而寫到打鬥招式之時，一字一句甚深精妙，肯定是個練家子，而且是個功力深厚的練家子，身上至少有個一甲子以上的功力。武俠小說很多人寫，很多人愛看，只是作者多半沒練過武，而拳師會文章的也是鳳毛麟角，畢竟文無第一、武無第二，文武相合還都要拿狀元，太難了；偏偏奇蹟就是這樣安排，正在看《流與離之島》的朋友們，無論您是習文還是練武，肯定都能有所獲，這一點相信連尋歡大俠也會同意的。

文武之外，還有一戚戚處，自古英雄最難過情關，小時候也曾喜歡過文中桐九這樣一個女孩，說起來實乃成長過程中第一件大傷心事；「從那一天起桐九就不回家了，老衲不知道勸過她幾次，可是她不聽就是不聽。」小女生的心思總是細又拗，一但決心去做的事，男生是永遠也不會懂的。「桐九瞪著老衲，說：『你說啊！奶奶當時說甚麼來著？』俺眼色一暗：『奶奶說，爺爺是她……』」，曾經聽過一句話：「所有的間諜活動都是基於謊言」，偏偏面對心儀的女孩子，平常花言巧語的舌頭就變得又僵又直，明明古靈精怪卻突然老實巴交了起來。老衲啊~老衲，其實那個時候，要是能說二句謊話，也許事情發展就不一樣了，是吧。不過還是老衲聰明些，既然拉不回，陪著去總行，咱雖也練過二天太極拳，沾黏連隨的這個隨字，還是老衲的功夫深。堪比金庸大俠名句：「那都是很好很好的，可是我偏不喜歡。」是的，若不能捨己從人，怎能反客為主，讓人心甘情願地跟著過一輩子呢?說起來這心意六合拳練著對追求人生幸福也是助益甚大啊，萬望讀者諸君細細咀嚼為要!

另有一點不可不提，小亨利與老衲的緣分甚深，他小時候常出沒之處便是咱跆拳道館勢力範圍，妙就妙在咱藉著練腿契機早早就接觸了鶴拳，許多前輩大老泡茶聊天之餘，隨手一招，精妙無比，吞吐浮沉顫身勁，咱時刻不敢或忘，也是我偏好內家拳的原因之一。及至再次相遇，某天老衲突然使出一招，咦~似曾相識的東西，

「你也會鶴拳?不，我不會。那你這是什麼?『生生功!』」在古老的傳說中，曾經有一位大內高手為保皇家血脈，隱姓埋名南下避亂，為免遺禍，邊撫養邊授武藝，待得幼兒長大，一身驚人武藝也已大成，後來開枝散葉成為南方知名拳種。只是當時不能透露來處，於是假托白鶴名之;白鶴大多在北方，且得要高官顯貴、深宮內院才得以豢養，想到這裡其實不難明白了，生生功、深深宮。於是咱便纏著老衲軟磨硬泡，非弄個

通透不可，尤其那記憶深刻的三顫，顫翅顫肢顫脊，究竟吞吐浮沉四訣如何齊用？什麼上就是下，下就是上，前就是後，後就是前，已經夠傷腦筋了，現在還得上下前後結合起來，那不就是跟海浪移動軌跡的意思一樣，難道楊過大俠在海邊練出的掌勁便是生生功幻化而來？看小說也有真功夫，提醒讀者諸君一句，千萬別囫圇吞棗，翻過就算，老衲在細節處可真沒藏私，只是拿不拿得到，得看自己本事了。

最後有幾句話，也許是老衲大師自謙，不好意思明講，但我覺得很重要：「武術肯定是越來越進步的，千萬別拘泥文字、招式、門派；畢竟人的肉體構造幾千年來沒什麼變化，總是把功夫練上身以後，再來討論其它。」這也是我比較不喜歡把傳統這二個字放在武術前面的原因，也許古人的拳法比我們現代技擊更進步呢！

# 依依

第一次見到他的時候，覺得他與別的客人也沒有甚麼不同。

在酒吧裏頭，他第一眼就見到了我，那不希奇，我的確是比其他的小姐更漂亮，眼睛更大，尤其是我嬌小的身材，很容易吸引到他們那些美國大兵的注意。

他一頭棕色的頭髮，白皮膚，大骨架，最好看的是他金色的瞳仁與修長的手指。

不過我那時並沒有察覺他的好看。

他點中我，在酒吧裏開了一間獨自的包廂，開了幾支酒，還呼朋引伴拉著他們那群同樣是飛機駕駛員的同袍一起同歡。

他問我叫甚麼名字？我笑了笑，指向門口，說：媽媽桑不是都跟你說了嗎？他大笑，說：媽媽桑說的，我才不相信，我想要聽妳自己說。

他的那群飛官朋友，有的叫大衛有的叫傑克還有的似乎叫做安東尼，我也記不得那麼多，他們一邊說著美國的情色笑話，一邊偷偷摸著我的手與胸；可是他，我察覺到他眼中閃過一絲不豫，我知道這個男人上鉤了。

酒過幾巡，那群大衛傑克安東尼的都醉得東倒西歪，只剩下他，他站起身來結帳，結完帳以後他問我：能不能……？

我笑了一笑，告訴他我們酒吧裏的小姐是不做那件事情的。

他那時沒有拆穿我，只是無話地笑了笑，然後一個一個地將那群大衛傑克與安東尼等等搬了出去包廂。

他好壯，我想。

※

第二次來的時候，他是自己一個人來的。

這次他依然點了我，進了包廂，叫了幾道小菜，卻沒有喝酒，他從懷裏拿出那時很流行的「新樂園」涼菸，抽了起來。

「妳抽不抽？」他問。

我笑。

「陪客人抽菸，要另外加錢。」我說。

他拿出錢包，不在乎地丟在桌上，我可以從側面看到，裏頭後後的一疊一疊，都是綠油油的美鈔。

「要多少？妳自己拿。」他說。

我老實不客氣從裏頭抽了三張，然後再拿起桌上的「新樂園」，拿出一支菸，學著他的樣子點火。

他笑了。

咳咳咳……我禁不住咳了起來。

「第一次抽菸？」

他糾正著我的手勢還有呼吸，我才終於將菸吸進肺裏，而不只是含在口中。

通體清涼，我想，原來抽菸的感覺是這樣，簡直是六腑通透。

我學著他的樣子，頭往後靠，慢悠悠地將煙圈一圈一圈向上吐，冉冉升起的煙圈，可以帶走人的煩惱。

他忽然說：「大衛、傑克，還有安東尼都可以；為什麼我不可以？」

我看了他一眼，「你不一樣，我想慢慢來。」我依著媽媽桑教我的話語，想要讓他變成我長期的客戶。

他笑了，說：「我已經來第二次了，算不算是慢慢來？」

「本姑娘今天月事來，你得更慢一點。」我伸了伸懶腰：「不過，我今天有點想出去走走，你陪不陪我？」

「陪，當然陪。」

「那我們去陽明山，我好久沒去看看台北的夜景了，不知道燈火有沒有更多一點。」我還是要提醒：「記得，你得把我今天剩下的時間都買完。」

他說好，而我露出滿意的笑容。

「依依。」

「甚麼？」

「我叫依依，你上次不是想問我叫甚麼嗎？」

「我問的是妳的本名。」

「本名李依依，在酒吧裏就叫依依。因為媽媽桑想要我在這裏做一輩子，所以她直接用了我的本名。」

「Oh……」他看我的眼神有些憐惜。

不過我並不接受。

※

第三次他來的時候，我們做了。

過程與所有先前的人都一樣，我帶著他從酒吧的後堂下去，那裏的地下室雖然通風不是很好，可是至少枕頭與棉被都給媽媽桑雇傭的打掃阿婆給換洗得白亮亮的。

九號房，是我專屬的接待房。

裏頭我放了一套盥洗用具，有我自己的牙刷與牙膏，我特意地在客人面前刷牙，讓他們知道我是很乾淨的，不用擔心。

他沒有特別大，也沒有特別小，對於早就習慣外國人尺寸的我根本引不起我任何的驚喜與意外。

不過，他特別溫柔。

完事以後，我讓他俯躺在床上，坐在他身上輕輕地幫他按摩。

「你的手指好漂亮，像是彈鋼琴的。」我終於把第一次見他想說的話說了出來。

他很得意，說：「要是沒有日本人襲擊珍珠港，我現在可能是一個田納西州State of Tennessee的中學音樂老師。」

我想起小時候最嚮往的隔壁的姊姊，總是在彈鋼琴，我問媽媽我可不可以學鋼琴？媽媽總是瞪一眼，搖搖頭，從沒說過好或者是不好。

我憋著那句問話『你可不可以彈琴給我聽』，但是他卻搶先說了出來。

「依依，有一天妳離開這裏，我彈琴給妳聽。」他說。

我的心忍不住往下一沉。

有一天？為什麼客人總是喜歡這樣說？

有一天帶妳去哪裏哪裏，有一天幫妳慶祝甚麼甚麼，有一天我們可以……

總是「有一天」。

我翻身下床，開始穿衣服。

「時間到了。」我盡力讓語氣是冰冷的，「穿衣服吧。」

※

他並不知道那天他的話哪裏錯了，可是他卻更頻繁地來酒吧。

也不是每一次他都要我下去九號房陪他，更多的時候是他想要我下班以後去陪他吃早餐。

「妳知道善導寺對面的那家豆漿嗎？真的很好吃，我們要不要待會去吃？」他像個大男孩一樣蹦蹦跳跳地問。

我一樣抽著他的「新樂園」，當然點菸之前沒忘記從他的皮包裏先抽出三張美鈔，媽媽桑教我的，與男人交往，千萬不可以吃虧。

我笑：「你這個美國人，哪裏知道豆漿油條的好吃？」

他一本正經：「我以前只知道披薩與熱狗好吃，現在才知道你們中國人的熱狗就是油條，也很好吃。」他摩擦雙掌，道：「我準備好好與那個老闆學習，以後回田納西州去開一間一模一樣的豆漿店。」

我微笑：「很好啊。娶個老婆，在鄉下開一間豆漿店，再跟老婆生幾個胖小夥子一起磨豆漿。」

他大笑，轉頭問我：「依依，妳想不想當豆漿店的老闆娘？」

「我？」我瞪大眼睛：「你在開玩笑吧？我只是你暫時駐軍台灣時玩一玩的小姐。」

「一開始是這樣，我承認。」他金黃色的瞳仁看著我，又說：「可是我好像有點喜歡上妳了。」

我將菸在捻熄在菸灰缸裏，堅決地搖搖頭。

「媽媽桑跟我說過最重要的一句話就是：小姐是不能與客人談戀愛的。」

※

『小姐是不能與客人談戀愛的』，這句話的確是風塵中的鐵則。

我當初的確是說得很堅決，可是就這樣三四個月一直到半年以後，我發現我錯了。

發現我自己錯的那一天，是媽媽桑決定不再讓我接待他的那一天。

「妳以後不管接哪個客人，大衛傑克還是安東尼還是誰都可以；但是妳就是不可以再接那個人的檯。」

「誰？妳說的是誰？」

媽媽桑冷笑：「我說的是誰妳自己心底明白。這半年來，那上尉天天來，天天都點妳的檯；他在美軍基地還借了好大一筆錢，他們那邊人人都知道，那都是為了妳。」

「他借錢來嫖我，這有甚麼不好？」我不服氣：「當初不是妳教我的嗎？教我就是要在這群富得流油的美國大兵裏給他們榨出錢來？這半年，妳從他那裏賺了多少錢？要不是妳愛賭，我們早就可以在城中心買一幢豪宅了吧？」

刷一聲媽媽桑果不其然抽了我一巴掌，她向來都是這樣，從小到大都是這樣，說不過我便動手動腳。

「我的事情，甚麼時候輪到妳管？」

我冷笑：「我只是一個店裏的小姐，的確是管不了媽媽桑；更何況，這媽媽桑還真是我的媽媽，一個推自己女兒進入火坑的──『媽媽』。」

我特意在最後的媽媽兩個字上拉長了尾音，自從她帶我入行以後，我每次想氣她，都這麼做。

媽卻早已經不把我的話語放在心上。

她揮揮手，說：「不管妳怎麼說，反正，我之後會讓櫃台把他擋在外面。」

我順手拿起手邊的一個菸灰缸，便往她臉上扔去。

媽年輕時練過幾年戲台上的功夫，手腳還算便利，頭一閃，那菸灰缸只擦過她耳邊，便在後頭的牆上撞個碎裂。

「李依依妳若真有種，就半夜拿刀刺死我；咱以後便誰也不欠誰。」她不愧以前是在上海那種魚龍混雜三教九流的弄堂裏混出來的，說這些狠話，嘴唇一點也不抖。

我深呼吸，努力將我的氣喘給壓下去。

我的房間裏一時無聲，只有我吁噓的氣音。

媽語氣轉軟：「妳的心情，媽都知道，別忘了以前媽也是幹這一行出身的。」她轉身，走的時候還不忘帶上我的房門，又留下一句話：「妳要嘛就還要我這個媽媽，繼續在店裏做；要嘛就拿刀刺死我，跟著他走。」

※

後來的三個月，我都沒有見到他。

每天的生活還是一樣，上課，下課，去酒吧陪酒，偶爾下去地下室裏做一些特別的服務，然後隔天翹課。

晚上有陪客人做的那一天，隔天我都沒辦法去上課；也不是出於甚麼特別的原因，單純地就是因為覺得自己沒辦法好好待在教室裏。

教室裏老師寫著黑板喀擦喀擦的聲音，總是吸引著我，我也曾經想過像教室裏的其他女同學偷偷與老師談戀愛，可是我知道我不能。

或許這輩子我都不能像一個正常的女孩子一樣去談一個正常的戀愛。

很快夏天就過去了，秋天來的時候，校園裏的梧桐開始紛紛轉黃；不知道為什麼我看著那些梧桐樹上的淡黃葉色，會想到他的眼睛。

有句話是這麼說的：說曹操，曹操到。

記得就在十一月幾號的時候，有一天下課，我居然在學校裏的走廊碰見了他。

第一個念頭是：轉身就跑；可是很快地第二個念頭便把第一個念頭給壓住了。

『我在學校，旁邊都是同學，我不能跑；我一跑，萬一同學問我為什麼跑或者問他為什麼認識我，我就糟了。』我想。

「依依──────」他大喊。

「我終於找到妳了。」他興奮地跑過來，一把將我抱起，笑著說：「走，我們去吃飯。」

他的表情彷彿這三個月一點事情也沒有發生。

一個漂亮的女同學忽然被一個穿著美國空軍制服的白人大男孩抱起，著實嚇了同學們一跳，驚叫與嬉鬧的聲音在旁邊此起彼伏。

我有些生氣：「你把我放下來。」

他搔了搔頭，嘿嘿一笑，才把我放下來。

腳一踏到實地，我便用盡全力往外奔去。

「喂、妳幹嘛跑？」

他在後面追著，可是我一言不發，一口氣跑出校門口，一直到離學校很遠很遠的巷子裏才停下來。

我喘著氣：「你幹嘛來我學校？你幹嘛在學校把我抱起來？你幹嘛還來找我？」

他一臉無辜，雙手一攤：「妳們的媽媽桑說：酒吧我以後不歡迎我；我能怎麼辦？」

「你怎麼知道我在這裏念書？」我質問。

「有一次妳說妳要印講義，我問妳要印甚麼講義，妳沒有說。」他笑了起來：「所以我想說，妳應該還是一個學生……這三個月，我幾乎踏遍了台北的所有大學，一間一間去找，一間一間去問，終於……給我找到。」

他就是勝利者征服者凱薩大帝的表情，說：「我想，妳的酒吧在天母，妳肯定不會跑太遠去上課；嘿嘿，果然，這裏離天母並不是很遠。」

他苦著臉：「一開始我還拉了安東尼陪我一起去找，可是他那個雜種，居然跑了幾次就放棄了；他說他再陪我找妳，可能也會被酒吧的媽媽桑給趕出去……這小子真的太可惡，虧我上次還幫他……」

他上次到底幫了安東尼甚麼，我沒有聽清楚，我撇過頭去，忍耐了一下情緒，好好地讓自己從一個正常的大學女學生的心情，轉換回一個專業的酒吧陪酒女郎的心態。

我深呼吸了幾口氣，才說：「走吧，我知道你想來找我幹甚麼。」

我拉著他的手就走。

那時候的台北，並沒有很多間私密的旅館，可我畢竟是做這一行的老手，沒吃過豬肉也看過豬走路，還是在許多老客人的口中聽過不少。

我帶他搭公車，來到林森北路上的一間比較私密的旅館；我從來沒有與客人在媽媽開的酒吧的地下室招待房以外的地方發生過，媽媽向來是嚴格禁止此事的。

可是那天，我想叛逆一次。

※

媽媽衝了進房，將菸灰缸狠狠地砸在我的頭上，我的臉一下感覺濕潤了起來，後來我才知道，那是鮮血。

可這一點點的鮮血嚇不倒我那曾經在上海長三堂子混過的媽媽。

我還來不及解釋，她就一腳踢向我的肚子，匡啷一聲，我從椅子上摔倒在地。

我痛得趴在地上，她卻一點不腳軟，一腳一腳，每一腳都往我的肚子狠狠地踢上去。

「媽……媽……」我哀求，「媽……放過我肚子裏的孩子……」

她停下了腳，語氣十分冰冷。

「妳打算瞞我瞞到甚麼時候？」媽說：「要不是有客人偷偷跟我講，我還不知道，妳這賤丫頭居然……居然偷偷把肚子搞大了。」

我不說話，只強忍著肚中的疼痛，冷汗從額上滴下來。

「我三番兩次提醒過妳，要做可以做，但是一定要戴套子。」我抬頭望著這個應該是我親生母親的女人，她說話一向不留情面，她對我說：「妳知道這個孩子是誰的嗎？還是妳真的這麼賤，連妳自己也不知道這孩子是誰的？」

我努力用腳推著地板，將自己的身體退到房間的角落，讓背靠在床腳上，喘著氣。

額上的汗，與血，都已滴到腳邊的木地板上。

我說：「媽，這次妳可想不到吧？我知道這孩子是誰的，因為我只有與他做愛的時候，不會戴套。」

「誰？大衛？不對……難道……是他？」她的臉一下刷白，「妳這陣子都跟我推說身體不舒服，不想接太多客人，想多去上課讀書……原來……原來都是藉口，是妳外面有男人了。」

我給了一個不屑的微笑，說：「對，是他，就是妳想的那個人。他又回來找我了，只是妳不知道。」

媽沉默了下來，半晌，然後說：「妳愛他？妳以為他可以給妳幸福？妳別忘了，妳只是一個婊子，還是一個婊子娘生的婊子，妳真的以為……」

我搖搖頭：「我一點都不愛他。」

「妳不愛他但是妳想為他生孩子？」

我還是搖搖頭：「我一點都不想為他生孩子。我只是想要知道：如果我懷孕了，他會怎麼做？」

「……結果他怎麼說？」

我擺出驕傲的表情：「他很高興，他說他要帶我去美國生活，讓我遠離這一切，遠離學校、遠離酒吧，還有——遠離妳。」

「我不允許。」媽氣得嘴唇與耳環都在顫抖，她說：「在我的病還沒有好之前，妳休想……妳休想丟下我不管。」

病？

我從來不知道眼前這個有些年紀的漂亮女人，也就是我的媽媽，她有病？

「媽，妳有……」在我還沒有問完話的時候，她已經轉身離開。

※

被媽踹倒的隔天，我才終於跟他說：我懷孕了。

對，前面對媽媽說的話都是我編的，可我當時真以為他聽見我懷孕，而他的反應會是我想的那樣。

沒想到世事多半不盡如人意。

他一臉吃驚，卻不是我預料的那樣回應；我還真沒想到，這個男人居然蠢笨如此。

連客人都發現我苗條的身材中肚子卻隆起了一小塊，可是他，可是他卻總是當作沒看到一樣。

他結結巴巴的說：「妳……甚麼時候的事情？」

「已經快半年了吧，自從我們好上，我就從來沒有防過你，每次都讓你在裏面。」

「所以妳的意思是，這個孩子是我的？」他一臉的不相信，在胸前畫了一個十字，又說：「天主在上，我們教徒是不可以發生婚前……不可以發生婚前懷孕的。」

我哼了一聲：「你不是常常說：如果我懷孕了，你就帶我去美國，去你的家鄉田納西州，把孩子生下來一起開一間豆漿店嗎？」

他提高聲音：「是。可是妳現在還在酒吧工作……我想生的，是我自己的孩子，不是妳那些搞不清楚的酒吧客人的……」

「我——我從來沒有讓那些人隨便進來！」我忍不住尖叫了一句。

我一直以來對他說話，都是客客氣氣的低聲，從來沒有對他大聲過；這一下尖叫，看來是有些嚇到他了。

他頻頻對我道歉，比手畫腳像個猴子，拉著我的手，說他真的沒有那意思。

我盡力壓抑著情緒，說：「原來你一直在嫌我髒，是嗎？」

我站起身來，甩開他的手。

「嫌我髒，為什麼不早說？」

他囁嚅，說他沒有嫌我髒；可是我已經明白我們之間並不完全是我想的那樣。

我拉開旅館的冰箱，拿出冰水，喝了一口倒在沙發上，我得重新想想這整件事情。

「依依……」

「我不要你叫我的名字！再也不要！」

他搔了搔頭，道：「不然這樣，妳去拿掉，我出錢。」頓了頓又說：「妳如果真的想離開，那麼妳去跟妳媽媽說，要離開這裏。等我們回田納西州，我們再重新生孩子。」

我眼神黯淡下來。

「你甚麼時候知道的？」

「知道甚麼？」

「還裝傻？你甚麼時候知道媽媽桑就是我媽媽？」

他嘆了口氣，說：「安東尼說的。」

「安東尼怎麼會知道？」

「我也不知道他怎麼會知道。」

「那，你怎麼會知道的？安東尼主動跟你說的？」

他嘆了口氣，說：「有一天安東尼說，他這輩子還沒有幹過母女檔，所以他一直纏著媽媽桑要跟她做一次，可是媽媽桑死也不答應，我才好奇問他……」

我第一次在與他的相處中，很想找個地洞鑽進去，也很想去死。

不該問的，『小姐與客人不能談戀愛』，很多事情都不該問也不該做的。

根本一切都不該開始。

我拍了拍雙頰，問了他另一個問題。

「所以你的想法是：如果我去把這個孩子拿掉，然後離開酒吧，你就會帶我去田納西州？」

他有些遲疑，不過他還是說了好。

「如果妳也愛我的話。」他說：「依依，我先帶妳去把孩子處理掉，然後我們一起去與妳媽媽說清楚，讓妳離開酒吧。」

「離開酒吧以後呢？」

「離開酒吧以後」他看著我說：「我帶妳回田納西州。」

我看著他那金黃色的瞳仁，雖然他說得真誠，但我心底知道那只不過是他為了充男子氣概而有的一時衝動而已。

儘管如此，可是我不能錯過。

「好，我去拿掉孩子。」我努力將語氣平穩下來，說：「我搬出來，我們一起租一個公寓，然後我們一起去美國登記。」

他眼神有些驚訝，透漏著他不敢相信我真的會答應他的條件。

我裝出一副開心的樣子，對他打趣說：「現在後悔還來得及，再給你兩分鐘考慮一下？」

他笑了，也是一副開心的樣子。

「喔！太棒了，依依。」他抱我起來轉了一圈。

※

其實我知道他最後會答應我的原因是：我曾經跟他說過我偷偷存下來的金額。那筆金額，足夠讓他還完他在美軍基地裏借來的錢，也足夠讓他回到美國鄉下以後買一個六七英畝的農場種點小東西。

或許是大豆，可以磨點豆漿；也或許可以種點別的東西。

他對我肯定是有一時的意亂情迷的，不然也不會借了哪麼大一筆錢僅僅是為了找我；可是我明白那『一時』終究也只不過是『一時』，如果我不給他一些好處，他不會帶我回美國。

至於回美國以後的事情，我不敢想。

在他被所謂的『愛情』最沖昏頭的時候，我向他獻祭出了我的所有，僅僅為的是換一個完全不同的國家活下去。

世事不會像童話故事中美好，我一直都知道。

身為一個女人，就是要會賣，我選了一個最好的時機壓上我所有的籌碼，把自己賣了出去。

在我搬出來與他同居在小公寓，一直到坐上飛往美利堅合眾國的那班飛機前，我們不知道吵過多少次架；我沒辦法一一記錄，我知道他在猶豫，他在猶豫娶我的好處與壞處。

他在班機起飛的前一天晚上自己出去淋了很久的台北的雨。

最後我的美貌乖巧與異國風情的吸引力還有我身上帶足的現金與金條，還是在他心中的天秤上，悄悄地勝過了我曾經在酒吧陪過他所有在空軍裏的同袍的事實。

你就只有兩條路。我無數次對他說過：一就是繼續待在台北直到役期服滿，然後一無所有只除了你那還也還不完的債，回去見你的老爸老媽，然後告訴你老爸老媽你當飛官的期間甚麼也沒學會就只知道在台北搞女人。

第二個選擇是：我幫你把所有的錢都還完，然後帶著我這樣漂亮的中國女子回到美國，讓田納西鄉下的老婦老農們長長眼，甚麼叫做漂亮又聽話的亞洲女子。

而且你還可以跟老爸老媽說，這幾年你把所有的軍餉都存了下來，準備回到老家好好開一間豆漿店，或者買一大塊農地，招呼他們偶爾來騎騎馬、種種地。

你選吧！在這段時間裏我無數次對他說過。

偶爾情緒激動的時候他會選一，偶爾在我們剛剛做完愛的時候他會選二；我不曉得這與他到底愛我或者不愛我有沒有關係，因為這些對我來說都沒有關係。

我總算有一個機會可以到一個完全嶄新的地方，重新開始。

在飛機起飛的那一剎那，我才終於鬆了一口氣。

「Phoenix，我想要叫這個名字。」我在飛機上對他說；那是這兩個禮拜我翻了好久的英文字典才選出來的名字，Phoenix，鳳凰，我是浴火重生的鳳凰。

對了，至於那個孩子。

我與他都沒有想到，原來六個月的身孕已經不能拿掉孩子；所以我只好同意，將孩子生下來以後送給孤兒院養。

不過最後我將那女嬰偷偷放在了媽媽開的酒吧門口，還在酒吧門上釘了一封信，三百字洋洋灑灑泣訴這家酒吧的媽媽桑是多麼喪盡天良逼女做娼而後孫女出世以後也要讓她養大做娼。

那三百字作文是我這輩子寫過最自豪的文章，它的煽動性絕對足夠毀了媽媽的酒吧。

至於媽媽說她有病？哼，我才不相信。

我最好的朋友，我的飛機即將要在舊金山降落；這裏的太陽剛剛升起，看上去，似乎比我們台北的太陽還要大得多得多。

這封信我會在舊金山轉機的機場寄給妳，讓妳知道為什麼我會離開。

妳不用回信，我到了田納西州之後也不會再寄信給妳；不是我不掛念我們的友情，而是我怕我還會想知道媽媽的酒吧後來到底怎麼樣、或者是那個女嬰是不是最終還是會被送到孤兒院，等等。

台北的事情我想要全部都留在台北，不再回頭；我是Phoenix，我即將要踏上陌生的國土展開一段完全不一樣的歷險。

祝我好運。

依依。

**國家圖書館出版品預行編目**

流與離之島 / 老衲著. -- 臺北市：致出版,
2023.12
冊；　公分. -- (老衲作品集 ; 3)
ISBN 978-986-5573-73-7(上卷 : 平裝). --
ISBN 978-986-5573-74-4(下卷 : 平裝). --
ISBN 978-986-5573-75-1(全套 : 平裝)

863.57　　112019768

老衲作品集3

# 流與離之島（下卷）

**作　　者**／老　衲
**封面設計**／血　力
**出版策劃**／致出版
**製作銷售**／秀威資訊科技股份有限公司
114 台北市內湖區瑞光路76巷69號2樓
電話：+886-2-2796-3638
傳真：+886-2-2796-1377
**網路訂購**／秀威書店：https://store.showwe.tw
博客來網路書店：https://www.books.com.tw
三民網路書店：https://www.m.sanmin.com.tw
讀冊生活：https://www.taaze.tw

**出版日期**／2023年12月　　**定價**／套書 NT 600元（上下卷不分售）

致 出 版　　**向出版者致敬**